노간주
나 : 무

노간주나무

김해솔 장편소설

봄*빛

우리 엄마는 나를 죽였고

우리 아빠는 나를 먹었네.

누이동생 마를렌은

내 뼈를 빠짐없이 모아

고운 비단 손수건에 정성껏 싸서는

노간주나무 아래 놓아두었네.

찍찍, 짹짹, 나같이 예쁜 새가 또 어디 있으랴!*

* 『그림 동화집 1 - 노간주나무』, 그림 형제 지음, 홍성광 옮김, 펭귄 클래식 코리아, 2011, 133쪽

차례

●
●

prologue
꿈 이야기 _9

1부 **아들과 나** _13

2부 **노간주나무 집** _87

3부 **마녀와 나** _201

epilogue
새 이야기 _302

작가의 말 _305

●
●

꿈 이야기

노간주나무

'다시 태어나고 싶다.'

산부인과 대기실 소파에 앉자마자 든 생각이었다.

임신 테스트기에 두 줄이 나왔을 때만 해도 한 달 전으로만 시간을 돌리고 싶었다. 그날 피임만 제대로 했더라면 이런 일은 없었을 것이다. 헤어질 사람이랑 잔 것부터가 문제였지만. 왜 그런 미친 짓을 저질렀는지 스스로도 납득할 수 없었다. 굳이 따지자면 달이 너무 아름다워서? 예부터 모든 미친 짓의 원흉은 보름달이라더니. 하지만 달을 탓하기엔 양심에 찔렸다. 내 인생이 꼬이기 시작한 건 훨씬 전부터였으니까.

3년 전에 그를 만나지 않았더라면, 만났더라도 적당히 사귀기만 했더라면, 성급히 결혼을 결심하지 않았더라면, 애초에 나에게 가족에 대한 결핍이 없었더라면, 정상적인 유년을 보냈더라면, 아빠가 살아 있고 엄마가 도망가지 않았더라면…. 원망의 칼날은 점점 과거로 거슬러 올라가다가 결국 출발점에 다다랐다.

'그 여자가 내 엄마가 아니었더라면.'

유난히 흰 손등 위로 불뚝 튀어나온 시퍼런 핏줄을 가만히 바라보았다. 내게 그 여자의 피가 흐르고 있다고 생각하니 저절로 두 눈이 질끈 감겼다.

이번 생이 진짜가 아니라면 얼마나 좋을까. 꿈이든, 게임 속 인생이든, 평행우주 속 다른 세계든, 외계인이 주입한 조작된 기억이든 상관없다. 다른 사람으로 다시 살아 보고 싶었다. 꼭 사람일 필요도 없지. 고양이나 새로 살아 보면 어떨까.

지금껏 버거운 일이 닥칠 때마다 잠으로 도망치곤 했는데 그날도 그랬다. 몸에서 조금씩 힘이 빠지며 주변 소음이 잦아들었다. 곧 내 이름이 불릴 차례였지만 눈꺼풀은 이미 천근만근이었다. 어쩌지. 지금 잠들면 안 되는데. 몸은 의지와 상관없이 벌써 도망칠 준비를 마쳤다. 의사는 '도피성 수면장애'라고 했지만 한참 잠을 자고 나면 기분이 좀 나아졌기에 딱히 치료의 필요는 못 느끼던 차였다.

나는 이번에도 잠으로 도망쳤다. 산부인과 대기실 풍경이 점점 흐려지면서 나라는 존재도 점차 사라지는 듯했다.

눈을 뜨니 어릴 때 살던 파주 집, 내 방이었다. 거울엔 일곱 살의 내가 서 있었다. 포장을 풀다 만 선물들이 있는 걸 보니 생일 즈음일까? 그때였다. 한낮인데도 시커먼 그림자가 집 전체를 덮쳐 왔다. 무서워 이불에 숨어 있는데 어둠 속에서 어떤 목소리가 들렸다.

'높은 곳에서 떨어지면 새가 될 수 있단다.'

나는 곧장 이불에서 나와 책상, 침대, 옷장을 차례로 올라가며 점프를 시도했다. 그 말이 거짓일 거라곤 전혀 의심하지 않았다. 그저 얼마나 더 높아야 하는지 고민에 빠져 있는데 어디선가 진한 향기가 느껴졌다. 창문 밖이었다. 마당 한가운데 거대한 나무가 보였다. 꼭대기에 구름이 걸려 있을 정도로 높아 보였다.

'저 나무에서 떨어지면 새가 될 수 있을 거야.'

나는 이 층에 있는 방에서 나와 마당을 향해 달려 나갔다. 어찌나 열심히 뛰었는지 입에서 피비린내가 날 정도였다. 새가 된다고 생각하니 너무나 설렜다. 왜 그렇게 새가 되고 싶었는지 이유는 기억나지 않는다. 하나만 확실했다. 이토록 절실한 순간은 앞으로도 없으리라는 것. 그토록 절실했지만 신은 내 편이 아니었다.

나는 일 층으로 내려가는 계단에서 추락해 버렸다. 실수로 발을 헛디딘 게 아니었다. 누군가가 날 밀었다.

그 여자였다. 날 낳아 준 여자. 20년 전에 나를 버린, 내 엄마였다.

●
●

1부

아들과 나

●
●

●

1

노간주나무

"김영주 환자분!"

낯선 목소리에 번뜩 눈을 떴다. 형광등이 눈부셔 다시 눈을 감고 재빨리 머리를 굴렸다. 여기가 어디더라. 방금까지 열심히 달리고 있었는데…. 그 순간 또 다른 기억이 스쳐 지나갔다. 마당에 있던 커다란 나무, 계단에서 떨어졌던 기억, 그리고 입안에서 느껴지던 피비린내. 다시 느껴 보려 침을 삼켰지만 피 맛은커녕 단내만 났다.

맞은편에 있는 거울로 한 여자가 보였다. 낮잠에서 깬

아이 같은 표정의 여자는 평범한 검은색 카디건과 청바지 차림이었고 손등에는 스티커가 붙어 있었다.

'김영주 1989/03/18.'

거울을 보던 영주는 팔 안쪽을 세게 꼬집었다. 눈물이 찔끔 날 정도로 아팠다. 그제야 실감이 났다. 꿈이었구나. 영주는 황급히 옷소매를 내려 팔 가득히 있는 멍 자국들을 가렸다. 영주의 오래된 버릇이다. 학창 시절 보건 선생님에게 불려 간 적도 있었다. 선생님은 누구에게 맞아서 생긴 상처인지 조심스레 물었다. 영주는 차마 자신이 한 짓이라고 말할 수 없어 입을 꾹 다물었다.

남들은 잠에서 깨자마자 꿈과 현실을 구분한다는데 영주는 그러지 못했다. 보통 한 시간 정도는 혼란스러웠다. 나도 아니고 내가 아닌 것도 아닌 존재가 되는 그 시간은 영주를 불안하게 만들기 충분했다. 영주는 그 불안의 증거를 숨기려고 여름에도 늘 긴소매 옷을 입었다.

천천히 주변을 둘러봤다. 소파 위에 한 꼬마가 누워 있고, 만삭의 여자가 꼬마를 토닥이며 자장가를 불러 주고 있었다. 평범한 산부인과 대기실 풍경이었다.

안도감이 든 것도 잠시. 영주는 문자 수신음이 울리자마자 심장이 내려앉는 듯했다. 자신이 왜 아무 연고도 없는 도시의 산부인과에 왔는지, 뒤늦게 깨달았기 때문이다.

'결제 메시지가 오면 수술 끝난 걸로 알게. 카드는 버려. 갈라선 사이에 카드 때문에 다시 볼 건 없잖아.'

현진이었다. 오늘 병원을 나가는 순간 나와 아무 관련 없는 사람이 되겠지. 영주는 왈칵 눈물이 쏟아지려는 걸 애써 참으며 메시지를 삭제했다. 이혼을 결정한 건 백번 잘한 일이었다. 하지만 이렇게까지 밑바닥을 보고 싶진 않았는데. 왜 이렇게 되어 버렸을까.

3년 전 소개팅에서 현진과 처음 만났다. 당시 영주는 남들보다 늦은 나이에 간호 전문대를 졸업해 막 일을 시작한 참이었고, 현진은 외국계 기업의 3년 차 대리였다. 식을 올린 건 영주가 스물여덟 때였다. 영주는 한눈에 그를 알아봤다. 현진은 안정적인 사람이었다. 처음 잠자리를 가진 뒤에도, 술에 잔뜩 취해도 계속 같은 사람이었다. 그 점이 마음에 들었다. 강렬한 끌림은 없었지만 그라면 영주의 마음 속 빈 구멍을 채워 줄 수 있을 것 같았다.

결혼 후 몇 달은 행복했다. 어느 날 현진이 몇 년간 해외 본사에서 일할 수 있는 제안을 받았다고 했다. 당연히 영주도 함께 간다는 전제였다. 현진은 마지막까지 영주를 설득했다. 일을 하든 하지 않든 영주의 선택을 존중할 것이며,

만약 일을 한다면 간호사는 전문직인데다가 영주도 영어를 할 줄 아니 선택지는 많다고. 그는 회사에서 제공해 주는 멋진 숙소 사진까지 보여 주며 영주를 설득했지만 실패했다. 결국 둘은 결혼 1년 만에 갈라서기로 했다.

영주 자신도 도무지 이해할 수 없었다. 무슨 미련이 남아서 한국을 떠나지 못하는지. 의사였던 아빠는 영주가 열네 살 때 지병으로 세상을 떠났고, 엄마는 얼마 후 새 가정을 꾸렸다. 영주는 고모 집에 얹혀살다가 스무 살이 되자마자 독립했기에 가족이라고 부를 만한 사람이 없었다. 학창 시절 내내 한방을 썼던 사촌 정도가 있으려나. 하긴, 그도 자신의 공간을 침범한 객식구를 좋아했을 리가.

결과적으로 영주에게 남은 건 어릴 때 부모님과 살았던 파주 집 하나였다. 그마저 독립할 때 원룸 보증금을 받는 대신 고모에게 명의를 넘겨주었으니 이제 영주의 것도 아니었다. 파주 집에서 산 기간은 10년 남짓. 막상 기억은 별로 없다. 그러니 추억 때문도 아닐 텐데 영주는 그 집을 두고 한국을 떠날 수 없었다.

같이 살 때 현진은 다정한 사람이었지만 헤어지기로 하니 다른 사람이 되었다. 영주가 임신했다고 하자 카드를 주며 말했다. 자신의 아이인지는 모르겠지만 지우라고.

열렬하진 않아도 한때 사랑했던 사람에게 들은 마지막 말이 그따위라니. 현진을 닮은 아이를 볼 때마다 그 말이 떠오를 걸 상상하니 끔찍했다. 영주는 병원 코디네이터의 설명이 끝나기도 전에 수술 동의서에 사인했다. 코디네이터는 나중에 딴소리하지 말라는 듯 덧붙였다.

"일회용 질경이라는 게 한 번 쓰면 버려야 하거든요. 보험이 안 돼서 좀 비싸요."

그렇군요, 하고 대답했지만 간호사인 영주도 잘 알고 있었다. 사실 코디네이터의 말은 반은 맞고 반은 틀렸다. 질경은 일회용이어서가 아니라 용도에 따라 보험 적용 여부가 달랐다. 일반 검진 시에는 일정 횟수 보험 적용이 되지만 지금처럼 임신 중단 수술을 할 때는 아예 불가능했다. 똑같이 여자의 질에 들어가는 물건이라도 어떤 여자인지에 따라 가격이 극과 극으로 달라지는 시스템이었다.

영주는 대기실에 앉은 여자들을 유심히 살펴봤다. 같은 소파에 앉아 있어도 기분은 극과 극이겠지. 산부인과만큼 기쁨과 절망이 극단적으로 뒤섞인 곳이 또 있을까 싶어 잠시 현기증을 느꼈다. 그리고 궁금했다. 이들은 자신에게 벌어질 일을 예상했을까. 그보다 꿈은 꿨을까. 태몽이라든지 말이다.

영주는 종종 다른 사람의 태몽을 꾸었다. 이로 인해 당사자보다 먼저 임신 사실을 알거나 아이의 성별을 맞출 때도 많았다. 한번은 거대한 잉어가 품에 들어오는 꿈을 꿨는데 그 꿈의 주인은 당시 같이 살던 고모였다.

그렇다고 영주가 특별하게 신통한 사람이냐 하면 그건 또 아니었다. 맘카페만 봐도 가족이나 친구가 태몽을 대신 꿨다는 글은 심심찮게 올라온다. 영주가 꾼 태몽은 가깝지는 않더라도 대충의 처지를 눈치챘던 이들의 것이었다. 난임 치료로 힘들어하던 과학 선생님이거나 남자친구와 여행을 다녀온 친구라거나. 영주는 남들보다 눈치가 빠르고 기억력이 좋은 것뿐이었다.

진짜 신통력 있는 이들은 영주와 달리 처음 보는 사람의 고민도 턱턱 맞춘다. 영주도 그런 걸 보면 신기했다. 영주 할머니 때만 해도 동네마다 그런 사람이 한 명씩 있었다고 했다. 흔히 무당이라 불리는 사람들. 그들도 대부분 여자였다.

영주는 항상 궁금했다. 여자들은 왜 이런 식으로 연결되어 있을까. 학교 다닐 때 같은 반이 되면 월경 주기가 비슷해지는 경우가 많았다. 특히 5년간 한방을 쓴 사촌과는 주기가 거의 같았다. 대개 보름달이 뜰 때 시작했다. 여자들은 흔히 하는 경험이었다. 과학적이라고는 말할 수 없어도 경험으로 터득한 느슨한 연결감. 남들은 수다거리로 여길 정도지만 영주는 그조차 버거울 때가 있었다. 이따금 보름달이 되기 전에 월경이 시작되면 걱정부터 되었다. 나 때문에 그 애도 예정일보다 빨리 시작하면 어떡하지. 생리대는 챙겨 갔을까. 하지만 한 번도 내색한 적은 없었다. 그 애에게 영주는 사촌, 룸메이트가 아니라 방 안의 가구 같은 존재여야 했으니까.

아이를 지우려고 찾은 산부인과에서 영주는 오래전 그때처럼 걱정이 들었다. 정작 자신이 임신했을 때는 태몽을 꾸지 못했지만 누군가가 대신 꿨을 게 분명했다. 그런데 그 누군가가 여기 있으면 어떡하지. 내 태몽인데 자기 태몽인 줄 알고 한껏 기대하고 온 건 아니겠지. 거기까지 생각이 미치자 헛웃음이 나왔다. 내 처지에 누구 걱정을 해.

영주는 가끔 어디서부터 어디까지가 자신인지 헷갈렸다. 꿈에서 막 깨어났을 때는 팔이라도 꼬집을 수 있다지만 이런 망상에 빠지면 답도 없었다. 영주는 그런 자신이 매번 수치스러웠다.

그때 인기척이 느껴졌다. 고개를 드니 방금만 해도 소

파에 잠들어 있던 꼬마가 어느새 영주 앞에 와 있었다. 할 말이 있나 싶어서 영주는 무심하게 꼬마를 바라봤다. 꼬마는 말없이 영주 앞의 바닥을 손가락으로 가리켰다. 장난감 새가 조악한 날개를 퍼덕이며 주인을 기다리고 있었다.

"아, 주워 줄까?"

영주가 장난감을 주우려 고개를 숙이자 꼬마가 갑자기 무릎을 꿇었다. 그러더니 영주의 신발 끈을 묶기 시작했다. 영주는 당황했다. 급하게 신고 온 회색 운동화는 낡고 끈도 더러워서 만지기 거북할 정도였다. 게다가 아이가 어른의 신발 끈을 묶어 주는 건 자연스럽지 않아 보였다. 반대면 몰라도.

당장에 말리려던 영주가 멈칫했다. 꼬마의 작은 입이 집중한 듯 앞으로 나와 있었다.

"어쩜. 애가 기특하기도 하지."

대기실에 있는 모두가 두 사람을 지켜보고 있었기에 영주는 꼬마에게 신발을 맡기기로 했다. 꼬마는 고사리 같은 손가락을 꼬물거리며 여러 번 끈을 매만졌다. 혹시라도 영주가 풀린 끈을 밟고 다칠까 봐 진심으로 걱정하는 것처럼 보였다.

영주는 꼬마의 태몽이 궁금해졌다. 지혜로운 아이니 큰

새나 뱀 꿈이었을까. 아이 엄마는 그 꿈을 꾸고 당황했을까, 기뻐했을까. 영주가 그런 상상에 빠진 사이 꼬마가 끈을 놓으며 말했다.

"이제 다 괜찮아질 거예요."

때마침 화장실에서 나오던 꼬마 엄마가 뒤늦게 달려왔다.

"얘가 한번 가르쳐 줬더니 신발 끈 풀린 것만 보면…. 근데 괜찮으세요?"

꼬마의 엄마는 영주의 볼에 흘러내리는 눈물을 보고는 말끝을 흐렸다. 당황한 영주는 서둘러 눈물을 닦았다.

신발 끈이 풀린 건 진작 알고 있었다. 그런데도 그냥 두었다. 풀린 끈에 걸려 넘어진다고 해서 나쁠 건 없었으니까. 수술 전에 유산이 되면 더 좋고, 그로 인해 크게 다친다고 해도 별 상관없었다. 생각해 보면 쭉 그런 마음으로 살아왔다. 그런데 꼬마가 신발 끈을 묶어 주던 순간에 영주는 문득 그런 생각이 들었다. 아이 엄마가 태몽을 꾸고 어떤 마음이었든 지금을 위해서라도 이 아이가 태어나서 다행이라는, 이기적인 생각. 동시에 그런 생각을 한 자신이 혐오스러워 울컥했다. 영주는 자신의 눈물에 놀란 꼬마를 달래려 바닥에 떨어진 장난감 새를 주웠다.

"고마워. 그리고 이거."

배터리가 다 되었는지 새는 날갯짓을 멈추고 장난감으로 돌아가 있었다. 꼬마가 장난감 새를 들고 제자리로 돌아가자 대기실은 다시 고요해졌다.

그때 영주의 마음속에서 어떤 목소리가 들려왔다.

'날 닮았을 수도 있잖아.'

잠시 후. 간호사가 영주의 이름을 불렀을 때 영주는 대기실에 없었다. 소파 위엔 꼬마가 두고 간 장난감 새만이 덩그러니 놓여 있을 뿐이었다. 영주는 병원을 빠져나오며 꼬마가 했던 말을 주문처럼 되뇌었다.

"이제 다 괜찮아질 거야."

영주는 아이를 낳았고 6년이 흘렀다. 당연하듯 상황은 더 나빠졌다. 부족한 잠이 가장 큰 문제였다. 가끔 거울을 보면 영주 대신 피폐한 몰골의 낯선 여자가 서 있었다.

요즘 영주는 과거로 돌아가 꼬마에게 따지고 싶었다. 나에게 왜 괜찮아질 거라고 거짓말했냐고. 아니, 애초에 그 꼬마를 만나지 말았어야 했나. 원망의 칼날은 또다시 출발점으로 되돌아갔다.

'너만 태어나지 않았더라면 내 인생이 이렇게까지 최악

이 되진 않았을 텐데.'

꼬마의 엄마가 들었다면 당장 영주의 뺨을 때렸을지도 모른다. 하지만 영주는 꼬마의 엄마도 자신과 같은 마음일 거라 확신했다.

2

친모가 자식을 살해한 사건이었다.

네 살짜리 딸이 말을 안 듣는다며 여행용 캐리어에 가두었다고 한다. 친모는 고의가 아니었다고, 평소 불면증 때문에 복용하는 수면제를 먹고 깜빡 잠드는 바람에 아이가 사망했다고 진술했다. 하지만 수면제 처방 기록이 없고 평소에도 훈육을 핑계로 아이를 학대한 정황이 발견되었기에 아동학대치사 혐의로 징역 7년 형을 선고받았다.

3년 전 신양동에서 이 사건이 벌어졌을 때 서형사는 갓 강력계로 옮겨 온 참이었다. 처음 신고받았을 때는 범인이 당연히 계모일 거라고 여겼다. 동화에 나오는 악당은 모두 친부모가 아니었으니까.

"아동학대 가해자 열 명 중 일곱 명이 친부모야. 그게 현실이라고."

직접 겪어 보니 그 말이 맞았다. 특히 코로나 때 사람들이 집에 있는 시간이 길어지자 가정폭력과 아동학대 건이 급격히 늘어났다. 아동학대 가해자는 무조건 계모, 계부일 거라는 믿음만큼 집이 안전한 곳이라는 믿음도 편견이었다.

그러나 이런 사건들은 서형사의 관심사가 아니었다. 서형사가 교통계에 있다가 강력계로 옮긴 건 더 큰 꿈을 위해서였다. 그는 진짜 나쁜 놈들을 잡고 싶었다. 강도나 연쇄살인범. 100만 원 때문에 사람한테 칼을 쑤시는 놈들. 감정이라곤 없는 사이코패스들. 그런 악마들을 자신의 손으로 잡고 싶었다.

곱상한 얼굴과 달리 유도 선수 출신인 서형사는 체력적으로나 정신적으로나 절대 밀리지 않을 자신이 있었다. 그럼에도 처음 강력계로 간다고 했을 때 선배들은 한사코 말렸다.

"다시 생각해 봐. 너 같으면 출근했다가 칼빵 맞을지도 모르는 사람이랑 결혼하고 싶겠어?"

　그러면서도 술 마실 때마다 자신의 흉터를 보여 주며 무용담을 늘어놨다.

　"이건 물뽕 팔던 놈이 찌른 거. 그 새끼가 칼까지 들고 있을 줄은 몰랐지."

　그때마다 내심 부러웠다. 어떻게 자기가 죽을 뻔했던 이야기를 저렇게 웃으면서 할까. 서형사는 자신의 상처도 언젠가 훈장이 되길 바랐기에 더욱 몸을 사리지 않았다.

　"어차피 결혼 안 할 겁니다."

　"연애도 안 할 거야?"

　"글쎄요."

　"그러게. 서형사는 왜 연애도 안 해?"

　사실 서형사에겐 오래 사귄 연인이 있었다. 하지만 자신 때문에 상대가 조금이라도 피해받는 걸 원치 않았기에 철저히 비밀에 부쳤다. 유난을 떤다고도 할 수 있겠지만 이런 건 아무리 조심해도 지나치지 않다는 게 그의 믿음이었다. 실제로 작년에 서형사가 기소한 뒤 무죄로 풀려난 사기꾼이 동네 마트에 불쑥 나타난 적이 있었다. 말없이 노려보다 사라지긴 했지만 이 일로 서형사는 더욱 조심했다.

　애인은 서형사와 안정된 가정을 꾸리고 싶어 했다. 아

이도 낳길 바라는 눈치였다. 서형사라고 그런 바람이 없진 않았지만 걱정스러웠다. 다른 부서로 옮겨 달라기엔 아직 강력계에서 제대로 된 실적도 못 낸 상태였기 때문이다. 큰 건 하나만 하고 여청계로 옮겨 달랄까. 그렇더라도 가출청소년이나 상대하면서 과연 만족할 수 있을진 의문이었다.

일과 일상의 균형 맞추기. 대한민국 직장인의 뻔한 고민이지만 그 뻔한 이유로 최근 애인과 헤어질 뻔했다. 서형사는 전형적인 워커홀릭이었다. 일할 때만 진정 살아 있다고 느꼈기에 일상이나 연애는 매번 뒷전이었다. 애인은 내내 섭섭해하다가 얼마 전 기념일마저 깜빡하자 드디어 폭발했다. 나쁜 놈들이 그렇게 좋냐고.

아예 틀린 말은 아니었다. 심지어 강력계로 온 뒤로 더 갈증을 느꼈다. 아무리 살인범, 강도 등 흉악범들을 잡아도 진짜 나쁜 놈은 잡지 못했다는 생각에 더더욱 일에 매달렸다. 대체 진짜 나쁜 놈이 뭐길래. 얼마나 더 잔인한 놈을 잡아야 성에 차려나. 가끔은 자신이 도파민 중독이 아닐까 의심이 들었다.

그러던 중 사건이 터졌다.

미곡에 있는 한 원룸에서 두 살짜리 아이를 운다는 이유로 구타해 사망에 이르게 한 사건이었다. 가해자이자 아이의 엄마인 20대 미혼모는 일정한 직업도 없이 PC방에 죽치고 앉아 세 끼를 해결하는 게임 중독자였다. 흔하디흔한 아동학대 사건이었다.

신고를 받고 출동한 서형사는 막 여청계에 전화하려던 참이었다. 죽은 아이를 끌어안고 울던 여자가 별안간 서형사를 붙잡았다. 자신은 절대로 아이를 죽이려 한 게 아니라고. 오히려 살리려고 했다고. 그러더니 싱크대 찬장에서 갈색 병 하나를 꺼냈다. 몇 년 전에 우연히 알게 된 장년의 여자가 준 불면증약인데 아이가 이걸 먹은 뒤 급격히 상태가 안 좋아졌다고 했다.

서형사는 갈색 병을 자세히 들여다봤다. 바닥에 검붉은 시럽 같은 액체가 살짝 남아 있었다. 여자의 말에 의하면 아무리 달래도 잠을 자지 않아 아이에게 약을 먹였는데 상태가 나빠졌고, 뒤늦게 약을 토하게 하려고 등을 두드리던 중 아이가 죽었다고 했다.

"그러니까 제가 아니라 그 여자가 죽인 거예요!"

서형사가 보기에는 핑계 같았다. 이미 아이를 방임한 증거로 PC방 CCTV 영상이 확보된 상태였다. 집을 떠날 때마다 아이에게 투여한 것으로 추정되는 수면제 처방 기록도 있었다. 수면제가 다 떨어지니 민간요법으로 만든 약을 먹인 듯한데 이제 와 약을 탓하다니. 애초에 두 살짜리 아이에게 수면제를 먹인 것부터가 잘못 아닌가. 서형사는 한숨이 나왔다. 사람을 죽여 놓고 오리발 내미는 범인들이야 널리고 널렸지만 자기 자식한테 이런 짓을 해 놓고도 거짓말이 나올까. 자신에게 달라붙는 여자를 매몰차게 떼어 내고 문밖으로 향하려던 찰나였다. 머릿속에 뭔가 스쳐 지나갔다.

'잠깐. 설마 이 병…?!'

다시 여자가 준 병의 표면을 만졌다. 역시나 끈끈한 스티커 자국이 느껴졌다. 촉감을 따라가다 보니 끝에 상표 일부가 남아 있었다.

박카스 병이었다. 누군가 음료를 다 먹고 거기에 이름 모를 약을 넣은 것 같았다. 서형사는 급히 경찰서로 돌아와 사건 파일을 뒤졌다. 비슷한 걸 본 적이 있었는데… 한참 뒤진 끝에 파일 하나가 나왔다. 서형사는 파일 속 증거 사진들을 빠르게 넘겼다.

찾았다!

서형사는 방금 가져온 갈색 병과 증거 사진을 나란히 비교했다. 같은 병이었다. 병 입구를 비닐로 감싸고 빵 끈으로 동여맨 것마저 똑같았다.

사진 속 갈색 병은 3년 전 신양동 사건 때 나온 증거물 중 하나였다. 그때는 아예 빈 병이었고 국과수에 성분 분석을 맡길 수도 없어 증거로써의 효력은 없었다. 하지만 아이가 죽어 가는 사이에 범인은 실제로 꽤 오랜 시간 깊이 잠들었던 것으로 추정되었다. 그게 이 병에 든 물질 때문인지 아닌지는 끝내 밝혀지지 않았지만.

　　결정적으로 신양동 범인도 우연히 만난 장년의 여자에게 약을 받았다고 했었다.

　　서형사는 내심 반가웠다.

　　이거 살인사건인지도 모르겠는데. 그것도 연쇄살인.

3

아들은 엄마를 닮지 않았다. 그렇다고 아빠를 닮은 것도 아니었다. 선호는 영주와 달리 쌍꺼풀 없는 눈이었지만 현진처럼 눈꼬리가 처지지도 않았다. 매끄럽고 동그란 두상도, 기러기처럼 선명한 눈썹도, 잘 웃고 예민하지 않은 성격 전부가 부모와 전혀 달랐다.

그것이 싫었냐 하면 정반대였다. 선호는 사랑스러운 아이였다. 영주는 출산할 때도 크게 아프지 않았다. 산후우울증은커녕 생기가 돌았다. 몸이 힘들어도 마음이 편하니 버티는 게 아니었다. 영주는 실제로 그 어느 때보다도 건강했다.

병원에서 만났던 꼬마의 말처럼 한동안은 모든 게 다 괜찮았다. 부모는 자식이 태어날 때 다시 한번 태어난다더니 영주는 정말로 새로 태어난 것만 같았다. 선호를 통해 세상을 처음부터 다시 경험하면서 30여 년 만에 드디어 자신의 자리를 찾은 기분이었다. 아무리 무서운 꿈을 꿔도 괜찮았다. 선호 덕분에 영주는 돌아갈 곳이 생겼고 계속 같은 사람일 수 있었다. '선호 엄마'는 영원히 영주만의 자리였다.

선호가 어릴 때 아기 띠를 하고 나가면 동네 여자들이 둘을 번갈아 쳐다보다 말했다.

"애가 엄마는 안 닮았네. 아빠를 닮았나 봐."

영주는 미소로 넘겼지만 속으로 답했다.

'아빠는 없어요. 저 혼자 낳았거든요.'

출산은 영주 혼자 했으니 물리적으로 절반은 사실이었다. 하지만 영주는 임신마저도 온전히 혼자 힘으로 한 기분이었다. 누가 들으면 정신 나간 여자라 하겠지만 정말이었다.

여러분, 새 중에 암컷 혼자 새끼를 낳은 경우가 있다는 거 아세요. 몇 년 전 연구자들이 캘리포니아 콘도르라는 새의 새끼를 분석했는데, 그 결과 무정란 부화였대요. 부계 혈통이 전혀 없었어요. 암컷 혼자 2세를 만든 거죠. 너무 신기하지 않아요?

영주가 자주 가는 블로그에 올라온 글이었다. 선호를 낳기 전에 태교 삼아 철새를 보러 가려다가 알게 된 곳인데, 블로그 주인은 탐조 여행 후기뿐 아니라 관련 논문이나 기사를 올릴 만큼 새에 열정적이었다. 덕분에 신기한 사실도 많이 알게 되었는데 암컷 혼자 새끼를 낳는 사례가 있다니. 이 글은 영주에게 위안이 되었다. 혼자서 선호를 낳았다는 생각이 망상이 아니라는 걸 인정받은 기분이랄까. 다만 똑같이 혼자 새끼를 낳았더라도 이후 상황은 영주보다 그 새가 훨씬 나아 보였다.

영주도 최근에야 깨달았다. 선호가 세 살 때까진 행복하기만 했다. 선호는 영주가 주는 것만 먹고, 영주가 보여주는 것만 보고, 영주가 가르치는 것만 배웠다. 영주는 선호를 자신과 달리 행복한 아이로 키우고 싶어 최선을 다했다. 선호도 영주가 이끄는 방향으로 잘 자랐다.

선호가 어린이집에 가면서 새로운 국면이 시작되었다. 일단 선호에게 영향을 주는 요소가 너무 많아졌다. 어린이집 친구가 오늘 무슨 옷을 입었는지, 선생님은 어떨 때 칭찬을 하는지, 선호에게 아빠가 없는 것에 대해 이웃들이 무슨 말을 하는지…. 이 모두를 영주가 전부 통제할 순 없었다.

어미 새는 새끼들이 날갯짓을 시작해 둥지를 떠날 때까지 새끼들을 둥지 안에만 두고는 오롯이 혼자 키워 낸다. 하지만 인간은 새와 달리 사회적 동물이기에 영주 혼자서만 선호를 키울 순 없었다.

3년의 평화와 3년의 혼란 끝에 선호는 여섯 살이 되었다. 마냥 어리고 사랑스럽기만 했던 아들이 한 번씩 낯설게 느껴졌다. 영주는 혼자 아이를 키운다는 게 얼마나 힘든 일인지 뒤늦게 깨달았다.

"아이고, 젊은 여자가 어떻게 혼자 키울 생각을 했어."

"선호 엄마는 모성애가 강한 것 같아."

영주의 사정을 알고 눈물을 훔치던 옆집 할머니부터 유두가 짓물러도 악착같이 2년간 모유 수유를 한 영주를 보며 조리원 동기가 했던 말까지. 영주는 그제야 그 말들이 이해가 갔다. 혼자 아이를 키우는 게 얼마나 고된지 깨닫자마자 실제로도 힘에 부치기 시작했다. 지금까지 버텨온 게 믿기지 않을 정도였다.

수면 부족이 가장 큰 문제였다. 물리적으로도 잘 시간이 부족했지만 어쩌다 시간이 나도 꿈에 시달리느라 푹 자지 못했다. 꿈을 많이 꾼다는 자체가 수면의 질이 좋지 않다는 뜻이기도 했다. 거울 속 영주는 점점 말라 갔다. 선호가 여섯 살이 되고 반년 사이에 몸무게가 10킬로나 빠졌다.

더구나 영주는 산부인과 간호사였다. 영주가 일하는 일산의 한 여성병원은 규모가 큰 편이 아니라 업무분장이 명확하지 않았다. 소수의 간호사가 상황에 따라 분만실과 신생아실을 오가며 여러 업무를 담당했다. 자연히 집중도는 떨어졌다. 특히 신생아는 의사 표현을 못 하니 체온 조절, 영양분 섭취, 배설 등 생명에 필요한 전부를 간호사인 영주에게 의존했다. 그러다 보니 의사의 지시 없이 즉각 판단해서 처리하는 의료행위가 다른 과들보다 많았다. 산모도 마찬가지였다. 그들과 적게는 두세 시간에서 길게는 이틀 정도 딱 붙어 있으니 의사보다 영주의 의견이 더 정확할 때가 종종 있었다. 아무도 인정해 주지는 않지만.

영주가 봤을 땐 엄살이 심할 뿐 잘 해낼 듯한데 의사는 '살려 달라'는 산모의 말을 곧이곧대로 듣고 제왕절개를 결정하기도 했고, 반대로 표현이 소극적이라 엄청난 고통을 참고 있는데도 엄살이라며 무통 주사를 주지 않기도 했다. 요즘은 의사들도 산모들 눈치를 본다지만 예나 지금이나 의사의 눈치를 보는 쪽은 간호사였다. 그런 이유로 영주도 의사 앞에서 말을 삼킬 때가 많았다.

작년에는 보호자에게 멱살을 잡힌 적도 있었다. 분명 산모의 자궁경부가 5센티 정도 열린 걸 확인하고 잠깐 체온을 재는 사이 경부가 분만 직전 상태로 열렸다. 젊고 건강한 산모라 의사 없이 분만해도 큰 문제가 없을 터였지만 법적으로 의사 없이 간호사 혼자 애를 받을 수는 없었다. 그렇다고 아이가 나오려는 걸 억지로 막을 수도 없어 영주는 담당 의사가 도착할 때까지 분만을 도왔다. 그러다 산모의 친정엄마에게 멱살을 잡혔다.

"의사는 어디 가고 간호사가 애를 받아요! 우리 손녀 잘못되면 당신이 책임질 거야?"

마침 의사가 도착했고, 영주의 빠른 처치 덕분에 아이는 건강하게 태어났다. 산모는 영주의 손을 잡으며 말했다.

"간호사님 덕분이에요. 감사해요."

아무리 힘들어도 그 한마디면 잊었다. 동화작가를 꿈꾸며 문예창작과에 들어갔던 영주가 갑자기 진로를 바꾼 것도 이런 이유였다. 허구의 캐릭터가 아니라 실존하는 누군가의 탄생을 지켜보는 쪽이 더 의미 있지 않을까 하는 기대가 컸다. 그 마음 덕분에 9년을 버텼다. 하지만 하루하루가 힘에 부치자 그 마음도 점점 사그라들었다. 평소라면 거뜬히 처리했을 일들도 버거워졌다.

어제는 평소 안 하던 실수까지 저질렀다. 분만실에서 산모의 남편 대신 탯줄을 자르다가 실수로 가위를 놓친 끔찍한 실수였다. 1초 남짓이었나. 가위를 들고 선 채로 잠깐 졸았던 것 같다. 그 짧은 찰나에도 영주는 꿈을 꿨다.

갓 태어난 아이의 손가락이 열한 개였다. 어떡하지. 산모한테는 뭐라고 말해야 할까. 그런 고민을 하며 탯줄을 자르는데 가위가 잘 들지 않았다. 가윗날이 문제인가 싶었는데 날은 멀쩡했다. 이상하다. 탯줄이 이렇게 질길 리가 없는데. 그 순간, 탯줄이 꿈틀댔다. 마지막까지 산모의 영양분을 빨아들이려는 듯 탯줄이 부풀어 오르는 동시에 산모의 심박수가 급격히 떨어졌다. 빨리 탯줄을 자르지 않으면 산모가 위험한 상황! 영주는 가위를 든 손에 힘을 잔뜩 주었다.

서걱서걱.

영주가 마지막 힘을 주는데 가윗날 아래로 시뻘건 피가 철철 쏟아졌다. 탯줄에서 왜 피가…? 바닥을 보니 영주가 자른 건 탯줄이 아니었다. 그건 아이의 열한 번째 손가락이었다. 놀란 영주는 가위를 놓치며 꿈에서 깨어났다.

분만 중인 산모 앞에서 간호사가 졸다니. 이보다 더 끔찍한 실수가 있을까. 가위가 바닥에 떨어져서 다행이지, 아이에게 떨어졌다면. 혹은 영주가 잠결에 탯줄보다 더 안쪽을 잘랐다면 어떻게 되었을까. 아이는 배꼽 대신 배에 구멍이 뚫려 평생 장루 주머니를 차고 살아갔을지도, 최악의 경우 목숨을 잃었을지도 모른다. 영주는 고속도로에서 볼 수 있는 경고 문구를 떠올렸다.

　　'단 한 번의 졸음! 모든 것을 잃습니다.'

　　영주가 끔찍한 상상을 하는 사이 산모는 태어난 아이의 손가락 개수를 세더니 기쁨의 눈물을 터뜨렸다. 산전 기형아 검사에서 다지증 소견이 있어 내내 마음고생을 했던 산모였다. 영주는 그 꿈이 자신의 것이 아니라 이 산모의 것임을 깨달았다.

　　영주가 타인 대신 꾸는 꿈은 태몽뿐만이 아니었다.

　　하지만 그건 비밀이었다. 살면서 딱 한 사람만 빼고, 누구에게도 말한 적 없는 비밀.

　　"김간, 요즘 너무 무리하는 거 아니야? 얼굴이 반쪽이 됐네."

　　박원장이 빈 병실로 들어오며 말했다. 훤히 드러난 이

마에 번들거리는 얼굴은 막 쉰이 된 그를 더 나이 들어 보이게 했다. 병원 사람들은 박원장을 비호감으로 여겼지만 그는 유독 영주에게 관대했다. 어제 영주가 한 실수만 해도 대표원장이나 다른 의사가 봤더라면 어떻게 되었을까. 간호사의 실수를 바라보는 시선에는 두 부류가 있다. 간호사를 뒤처리하는 기계쯤으로 여겨 어떤 실수도 용납하지 않는 부류와, 반대로 그들을 애초에 실수 따위 하지 않는 백의의 천사로 생각하는 부류. 박원장은 어느 쪽일까, 잘은 모르겠지만 영주를 인간적으로 대해 주는 유일한 사람인 건 확실했다. 영주의 지친 얼굴을 보고는 비타민 주사를 놔 주겠다는 호의까지 베풀었으니. 영주가 선뜻 대답하지 못하자 병원에 오는 산모와 아이들을 위해서라며 너스레를 떨었다. 영주는 결국 그의 호의를 받아들이기로 했다.

"왜 그렇게 잠을 못 자. 선호가 말을 잘 안 들어?"

"그건 아니고…. 이모님이 갑자기 그만두셔서요."

거짓말이었다. 이모님이 갑자기 그만둔 건 사실이었지만 선호가 별나서 감당할 수 없다는 게 정확한 이유였다. 박원장은 으레 한 말이었겠지만 영주는 왠지 선호에게 미안해져 대충 얼버무렸다.

낮에는 선호를 어린이집에 맡긴다고 쳐도 저녁이 문제

였다. 영주처럼 삼교대로 일하는 엄마들은 출퇴근이 불규칙해서 시터 구하기가 몇 배나 어려웠다. 조선족 상주 시터도 생각해 봤지만 낯선 사람을 집에 들이기가 찝찝해 그만뒀다. 그렇다고 일을 그만둘 수도 없으니 잠을 줄일 수밖에.

평소 알고 지내던 하원 도우미에게 사정해 일주일은 벌었지만 그다음은? 나이트 근무를 마치고 돌아와 아침에 선호를 등원시키고 나서 급한 집안일을 하다 겨우 몇 시간 눈붙이고 다시 출근하니 며칠 만에 몸이 백기를 들었다. 9년 차 간호사인 영주가 어제처럼 말도 안 되는 실수를 저질렀던 것도 그런 이유였다.

지금처럼 빈 병실에서 비타민 주사를 맞으며 잠드는 한 시간이 없었더라면 진작 쓰러졌을 게 뻔했다. 이 모든 사태의 원인은 남편이나 돈이 없어서가 아니었다.

"친정엄마한테 부탁하지 왜."

"…."

"미안. 돌아가셨나?"

"…그런 거나 마찬가지예요."

아이의 '엄마'와 '친정엄마', 그리고 '시터 이모님'을 육아의 삼위일체라고들 부른다. 이모님이야 언제든 떠날 수 있는 존재이니 친정엄마가 핵심이다. 오죽하면 애 엄마들이 남편은 없어도 친정엄마는 없으면 안 된다고 말할까.

영주는 작년에 자신의 멱살을 잡았던 산모의 친정엄마를 떠올렸다. 칠순이 넘어 첫 손녀를 얻었다는 여자는 병원 앞 편의점에서 파는 것 중 제일 비싸다는 인삼 뿌리 음료를 사다 영주에게 내밀며 언제 그랬냐는 듯 히죽였다.

"고마워요, 아가씨. 애도 안 낳아 봤을 텐데 어쩜 그렇게 프로페셔널하셔."

영주가 대꾸 없이 웃어 보이자 영주와 동갑인 수선생이 대신 진저리를 쳤다.

"사람 멱살 잡아 놓고 미안하다 한마디를 안 하네. 자기 핏줄만 귀하지 뭐."

수선생은 병원에 오는 온갖 진상을 군말 없이 참아 내는 영주를 답답해하곤 했다. 속을 모르겠다는 이야기를 자주 들을 정도로 영주는 천성이 감정 표현을 하지 않는 편이었다. 이번에도 조용히 음료만 마실 뿐이었다. 병에 붙어 있는 그림과 달리 인삼 뿌리는 머리카락만큼 가늘었지만 충분히 썼다. 영주는 음료를 준 여자의 딸이 부러웠다.

비타민이 든 주사액이 몸속으로 퍼지자 인삼 뿌리 음료를 마셨을 때처럼 입안이 썼다. 영주의 표정을 보던 박원장이 수액의 양을 조절했다.

"근데 김간 말이야. 잠 못 자서 좋은 점도 있는 거 같아."

"좋은 점이라니요?"

"살 빠지니까 더 예뻐진 것 같은데."

의사인 박원장은 간호사인 영주를 자신과 같은 인간으로 봐주는 부류긴 했지만 인간 중에서도 여자로 보는 빈도가 높았다. 그럴 때마다 영주는 마땅한 반응을 찾기 어려워 웃고 넘어갔다.

박원장이 나가자 영주는 그제야 참았던 졸음을 쏟아 놓았다. 드디어 혼자만의 시간이었다. 엄밀히 말하면 혼자는 아니었다. 이 병실은 주인이 있었다. 그럼에도 다들 이곳을 빈 병실로 취급하는 것도 모자라 얼마 전부터는 대놓고 물품 재고를 쌓아 두기 시작했다. 빈 병실 혹은 창고. 병원 사람들은 이곳을 그렇게 불렀다.

이 방의 주인은 3개월 전에 사고로 식물인간이 된 스무살 여자였다. 처음에 여자의 가족들은 이제 막 성인이 된 딸이 그럴 리가 없다며 임신 자체를 부정했다. 임신을 확인한 뒤에는 당장에 아이를 지우려 했으나 산모가 수술을 감당하기 힘든 상태라 일단 산부인과로 옮겨 지켜보기로 했다. 결과는 비극이었다. 여자는 깨어날 가망도 없고 태아도 기형 확률이 높았다. 그러자 가족들은 돈만 지불할 뿐 여자를 방치했다. 대학병원에서 영주가 일하는 여성병원으로 옮겨 왔을 때도 아무도 오지 않았다. 걱정은커녕 처녀가 임신을, 그것도 기형아를 낳을 수도 있다는 점을 수치스러워했다. 가끔 언니라는 사람이 찾아와 네가 못된 짓을 해 온 가족이 벌을 받았다면서 어서 죽으라고 폭언을 쏟았다.

여러모로 죽음의 냄새가 짙어 다들 이곳을 꺼림칙해했지만 영주는 아니었다. 오는 시늉만 하는 간병인 대신 자처해서 여자를 돌볼 때도 있었다. 요즘처럼 피곤할 때는 여자 옆 빈 병상에 누워 잠시 눈을 붙였다. 이상하게도 이곳에서는 조금이라도 잘 수 있었다.

영주가 다시 눈을 감으려는데 여자의 배가 살짝 꿈틀거렸다. 벌써 임신 5개월이었다. 태동이 활기찬 걸 보니 산모도 아이도 건강한 듯했다. 영주는 어제 분만실에서 꿨던 짧은 꿈을 떠올렸다. 이 정도의 활기라면 아이가 기형이라고 해도, 혹여 손가락이 열한 개더라도 잘 크지 않을까.

몇십 년 전만 해도 영주의 선배 간호사들 혹은 조산원의 산파들은 산모의 친정엄마들에게 무시무시한 부탁을 받았다고 한다. 아이가 육손이라 불리는 다지증일 경우 태어나자마자 몰래 손가락을 잘라 달라는. 산전 기형아 검사가 발달하면서 그런 부탁을 받는 일은 사라졌다. 대신 산모들은 출산 전부터 혼자만의 불안과 죄책감에 시달렸다. 혹시 아이에게 또 다른 장애가 있는 건 아닌지, 나 때문에 아이에게 문제가 생긴 건 아닌. 영주의 병원에 다니던 산모 하나도 임신 7개월 때 다지증 소견을 받고 극심한 스트레스로 유산했다. 요즘에는 아이가 어느 정도 자란 뒤 수술로 간단히 해결 가능함에도 '당신의 아이가 비정상이다'는 의료적 소견은 여전히 낙인으로 작용했다.

　다지증이 유전학적으로 열성이 아니라 우성 형질이라는 사실은 아이러니였다. 언뜻 생각해도 하나 더 있다는 건 저주보다는 축복에 가깝다. 눈이 하나 더 있으면 더 잘 볼 수 있고, 귀가 하나 더 있으면 더 잘 들을 테니. 하지만 세상은 정상에서 벗어나는 건 무조건 열등하다고 취급했다. 그중에서도 손가락이 하나 더 있는 건 신의 저주라도 된 양 오래전부터 불길하게 여겨졌다.

　영주는 마음속으로 여자에게 말을 걸었다. '만약 아이가 손가락을 하나 더 갖고 태어난다면 나중에 피아노를 배우게 하면 어때요.' 놀랍게도 그런 생각을 하자마자 선호에 대한 불안도 수그러들었다.

　'선호도 별난 게 아니라 특별한 건지 몰라.'

　마음이 편안해지면서 파도처럼 잠이 밀려왔다. 영주의

심장박동은 점차 여자의 뱃속 태동과 비슷한 속도로 맞추어졌다.

식물이 된 여자의 이름은 유정원이었다. 정원 곁에서 영주는 오랜만에 그 꿈을 꿨다. 파주 집 마당에 있던 나무 아래서 달콤한 낮잠을 자는 꿈이었다.

4

선호에게 동화책을 읽어 주던 중이었다. 아이가 잠든 걸 확인하고 조심스레 책을 덮으려는데 "속았지롱!" 하며 선호가 다시 눈을 떴다. 영주는 놀란 척 책으로 입을 가리며 몰래 하품을 숨겼다. 아직 잠들면 안 된다. 영주는 마음을 다잡으며 선호 옆에 비스듬히 누워 자장가를 부르기 시작했다. 하지만 영주가 아는 자장가를 전부 불러도 선호의 눈은 여전히 말똥말똥했다. 영주는 애써 절망감을 숨긴 채 선호를 달랬다.

"우리 선호, 이제 진짜 자야지. 응?"

"엄마, 근데 왜 백설 공주는 죽었다가 다시 살아나?"

"음. 죽은 게 아니라 잠시 잠든 거야. 마녀가 준 사과에 잠드는 약이 들어 있었거든."

아무리 새엄마라도 엄마가 자식을 죽이려 했다는 걸 아이에게 설명하기 힘들어 대충 거짓말로 둘러댔다.

"엄마도 나 맨날 재우려고 하잖아."

"엄마가 언제?"

영주가 능청스레 대답하자 선호가 물었다.

"그럼 엄마도 마녀야?"

"엄마가 마녀처럼 보여?"

"그건 아닌데…."

"힝, 엄마 슬퍼."

영주는 우는 척 선호 무릎에 얼굴을 파묻었다. 선호는 강아지를 달래듯 영주의 머리를 살살 쓰다듬었다.

"그게 아니~라~."

"엄마 안 울지롱!"

선호는 언제 그랬냐는 듯 까르르 넘어갔다. 이렇게 입동굴이 훤히 보이도록 웃으면 세 살 때로 돌아간 것 같다. 여전히 사랑스러운 내 아들. 어린이집 학예회 때 귀여운 날개를 매고 '작은 새1'을 연기했을 때는 얼마나 사랑스러웠 던지.

"공주가 잠을 못 자서 힘들어했거든. 그래서 왕비한테 부탁한 거야. 평생 자게 해 달라고."

"엄마도 평생 자고 싶어?"

영주가 선호의 무릎을 베고 누워 장난스레 고개를 끄덕였다.

"응. 사실 엄마도 왕비한테 부탁했어. 선호 잠들면 엄마도 금방 잘 거야."

"그럼 엄마는 누가 깨워 줘?"

"우리 선호가 왕자로 짠! 변신해서 깨워 주면 되지."

"선호 아직 아기인데?"

"우리 선호가 이만큼 크면 엄마 깨우러 와."

"그럼 그때까지 나 혼자 있잖아. 선호 무서운데…."

"선호 착한 사람이잖아. 착한 사람이 무서울 게 뭐가 있어? 나쁜 사람이 죄를 지었으니 무섭지."

영주는 조심스레 몸을 일으켜 기다렸다는 듯 물었다.

"선호 나쁜 사람이야?"

"아니. 착한 사람이야."

"당연하지. 우리 선호는 착한 사람이야. 엄마는 믿어."

영주는 안심한 듯 선호를 꼭 안았다. 선호의 어깨너머 책상 위로 장난감 청진기가 보였다. 영주가 사 준 병원 놀이 세트였다. 당연히 장난이었을 거다. 그럼, 내 아들이 그럴 리가 없다. 영주는 다짐하듯 되뇌었다. 다른 엄마들이 아무리 욕해도 나는 내 아들을 믿는다. 나는 선호의 엄마니까. 오직 나만이 선호의 엄마니까. 그런 생각을 하며 영주는 선호를 더 꼭 안았다.

한 달 전. 영주는 선호를 데리러 어린이집에 갔다가 순식간에 엄마들에게 둘러싸였다. 선호가 병원 놀이를 하면서 여자애들 치마를 들추었다고 했다. 집으로 돌아온 영주는 오해를 풀기 위해 장문의 문자를 보냈다.

'제가 간호사라서 어릴 때부터 병원 놀이를 자주 했어요. 일터에 와서 엄마가 일하는 모습을 몇 번 봤는데 하필 산부인과다 보니 오해를 불러일으킨 것 같습니다. 아이에게 나쁜 의도는 없었을 거예요. 정말 죄송하게 되었습니다.'

이후로도 영주는 엄마들을 만날 때마다 몇 번이나 고개를 숙였지만 반응은 싸늘하기만 했다. 선호가 다른 어린이집으로 옮겼으면 좋겠다는 둥, 아빠 없이 커서 그렇다는 둥 별소리가 다 나왔다. 영주는 차분히 대응했다.

"다른 놀이도 아니고 병원 놀이 중 의사가 환자 몸을 만

오간주나무

지는 게 그리 큰 문제가 될까요. 게다가 아직 여섯 살짜리 애가 무슨 나쁜 의도가 있었겠어요. 그렇게 보는 어른들이 이상한 거죠."

사실이었다. 영주 같은 의료진에게 환자의 몸은 치료 대상일 뿐이었다. 산모들도 처음에는 부끄러워하다가 아무렇지 않게 자신을 대하는 의료진을 보면 곧 수치심을 거두었다.

"허 참! 아들 엄마라 그런지 너무 모르네. 요즘 딸 키우기가 얼마나 무서운 세상인데요."

아들 엄마가 되었다고 영주가 갑자기 남자가 되는 게 아닌데도 엄마들은 그렇게 여겼다. 설령 그렇다 해도 영주 역시 한때는 누군가의 딸이었다. 14년 남짓에 불과했지만.

영주는 조심스레 거실로 나왔다. 천사처럼 잠든 선호를 지켜보고 싶었지만 당장에 해야 할 일이 많았다. 19평짜리 낡은 아파트 곳곳에 세간살이가 너저분하게 쌓여 있었다. 싱크대 쪽 작은 창문을 열자 긴 복도가 보였다. 엘리베이터 바로 옆집이라 평소에는 창문을 닫았다가 청소할 때만 잠시 열곤 했다. 쇠창살처럼 생긴 방범창이 불만이었지만 전셋집이라 어쩔 수 없었다.

장난감을 치우고 밀린 빨래까지 돌리고 나니 새벽 3시였다. 영주는 26시간째 깨어 있는 상태였지만 힘을 내 '보건교사 임용고시 기출 문제집'을 펼쳤다.

병원 놀이 사건 이후로 영주는 큰 결심을 했다. 지금의 삼교대 간호사직을 그만두고 출퇴근 시간이 규칙적인 보건교사가 되기로 한 것이다. 학교 다닐 때 교직 이수를 해 둔 덕분에 네 달 뒤에 있는 임용 시험에 응시할 자격이 되었다. 시간이 촉박했지만 절박함을 원동력 삼아 도전하기로 했다. 관건은 시터 이모님이었다. 공부 시간 확보를 위해서라도 서둘러 이모님을 구해야 했다. 영주의 속사정을 안 박원장이 3일 정도 휴가를 빼 주었지만 그사이 구해지리라는 법은 없었다. 이전 이모님을 찾아가서 다시 봐 달라고 무릎이라도 꿇어야 하나. 영주는 이런저런 걱정으로 문제집에는 손도 못 댄 채 4시가 되어서야 소파에 누웠다.

쉬이 잠이 오지 않았다. TV에서는 유럽 공연을 마치고 돌아온 피아니스트의 인터뷰가 나오고 있었다. 어렸을 때는 보육원에서 힘들게 자랐지만 종이에 피아노 건반을 그려 연습하면서도 꿈을 포기하지 않은 덕에 어쩌고저쩌고…. 동화 같은 이야기였다. 비슷한 나이에 가족이 없는 것까지 똑같은데 누구는 동화 속에 살고 있고, 자신은 여기 있는 걸까.

둘의 차이가 뭐길래. 영주는 괜히 기분이 상해 TV를 껐다.

이럴 때 빨리 잠드는 방법이 하나 있었다. 영주는 바지 안에 손을 넣고 기계적으로 움직였다. 하지만 빨리 이모님을 구해야 한다는 걱정 때문인지, 천장의 체리색 몰딩이 거슬려서인지 영 기분이 나질 않았다. 오르가슴을 느낀 게 언제였는지 기억도 나지 않았다. 가끔 꿈에서 기분이 좋았던 적은 있었지만 절정에는 이르지 못했다.

어떨 때는 그 점을 이용해 꿈과 현실을 구분하기도 했다. 꿈인지 현실인지 헷갈리면 얼른 화장실에 가 몸을 만져보면 안다. 해소가 안 되면 꿈, 해소가 되면 현실이다. 덕분에 꿈속에서도 꿈이라는 걸 알아차렸는데 인터넷에 검색해보니 그런 걸 '자각몽'이라고 부른다고 했다. 그리고 처음 자각몽을 꾼 다음 날, 영주는 아주 중요한 진실을 깨달았다.

숨죽인 채 죽은 듯이 살더라도 현실이 꿈보다는 낫다. 꿈에서는 아무리 발버둥을 쳐도 끝까지 해소되지 않지만 현실의 것들은 결국 해소되니까. 영주는 7년 전 병원에서 만났던 꼬마의 말을 떠올렸다.

'이제 다 괜찮아질 거예요.'

괜찮다. 이 두려움은 현실의 것이니 해결할 수 있다. 돈을 더 주면 이모님은 구해진다. 추가 대출을 받아서라도 지금 상황을 넘기면 된다. 그러나 딱 하나, 해소되지 않은 두려움이 남아 있었다.

영주는 무서웠다. 남들 앞에서는 당당히 선호를 변호했지만 마음 깊은 곳에서는 의심의 싹이 피어올랐다.

'내 아들이 나쁜 사람이면 어떡하지.'

그때였다. 복도 창문 쪽에 그림자 하나가 서 있었다. 청소하느라 창문을 열어 두고 깜빡한 모양이었다. 영주는 바지에 넣었던 손을 황급히 뺐다. 식은땀이 났다.

두 눈동자가 영주를 빤히 쳐다보고 있었다. 영주가 창문 앞으로 다가가 밖을 내다봤을 땐 이미 사라졌다. 벌써 세 번째였다. 이른 새벽에 누굴까? 이 시간에 출근하는 사람이 있던가. 영주가 사는 층에는 모두 열 집이 살고 엘리베이터와 가장 가까운 쪽이 영주의 집이었기에 사람으로 치면 매일 수십 명이 영주네 창문 앞을 지나다녔다. 그림자 주인을 특정하긴 힘들었다.

영주는 신발장에서 남자 구두를 꺼내 현관문 앞에 두었다. 지금 영주가 할 수 있는 건 그게 전부였다.

3일간의 휴가는 예상대로 지옥이었다.

선호는 오랜만에 온종일 함께 있는 엄마를 독차지하려

는 듯 도통 떨어지질 않았다. 영주는 선호를 돌보는 틈틈이 새 이모님을 알아봤지만 성과는 없었다.

휴가 마지막 날, 영주는 절박한 마음으로 인삼 뿌리 음료 한 박스를 샀다. 그리고 선호가 별나서 그만두겠다던 이모님 집을 무작정 찾아갔다.

"돈은 달라시는 대로 드릴 테니까 제발 시험 때까지만 부탁드릴게요."

시험에 바로 합격한다는 보장은 없었지만 일단 시험을 보기 위해서라도 이모님이 필요했다. 살갑게 웃으며 음료를 내밀었지만 이모님의 표정은 싸늘했다. 영주는 돌연 무릎을 꿇었다.

"이모님. 저 좀 살려 주세요."

영주가 눈물까지 글썽거리자 이모님은 마지못해 입을 뗐다.

"내가 선호 엄마 마음 상할까 봐 말 안 하려고 했는데."

그러더니 왼쪽 양말을 벗었다. 화상을 입은 듯 벌겋게 부은 발등이 보였다. 얼마 전 선호가 펄펄 끓는 냄비를 일부러 쏟는 바람에 생긴 화상 자국이라고 했다.

영주도 기억이 떠올랐다. 오랜만에 곰국을 끓이던 날이었다. 또래 남자애들보다 키가 작은 선호 때문에 고민하던 영주는 맘카페에서 한 댓글을 발견했다.

'뼈 성장에는 역시 뼈가 최고죠. 그것도 이왕이면 사람 뼈.'

글을 쓴 사람은 농담이라며 사골 구매 링크를 올려 두었지만 묘하게 설득력이 있었다. 소뼈가 아이들 뼈 성장에 좋은 이유가 같은 뼈이기 때문이라면 소뼈보다 사람 뼈가 더 좋지 않을까. 윤리적 이유로 짐승의 뼈를 취할 뿐. 맘카페에는 자식을 위해서라면 사람 뼈도 구해 올 것 같은 엄마들이 많았다. 영주는 싱글맘이라는 이유로 선호에게 해 주지 못하는 것들이 있었기에 항상 죄책감을 느꼈다. 짐승보다 못한 인간들이 있다면 그 뼈라도 구하고 싶은 심정이었다.

그날 영주는 마트에서 가장 비싼 우족을 샀다. 그걸 여섯 시간째 끓이던 중에 병원에서 긴급 콜이 왔고, 이모님에게 선호를 맡기고 정신없이 집을 뛰쳐나왔었다. 이모님 말로는 영주가 나가고 10분 뒤에 일이 벌어졌단다.

"선호가 저한테는 실수라고 했는데…"

이모님은 영주 말이 끝나기도 전에 몸의 다른 곳들을 보여 주었다. 어깨, 팔목, 손가락 등 크고 작은 흉터들이 여럿 보였다. 이모님도 처음에는 우연이겠거니 여겼다고 했다.

"내가 1년을 지켜보니 절대로 우연이 아니야. 저 뜻대로 안 되면 꼭 그 분풀이를 나한테 하더라고. 그날도 엄마가 갑자기 나가니까 잔뜩 성이 난 거지."

말하다 보니 더 억울해진 걸까. 이모님은 병원비 대신 이거라도 받아야겠다며 안 받겠다고 했던 음료 박스를 빼앗듯이 가져갔다.

"선호, 꼭 병원에 데려가 봐요. 내가 봤을 땐 문제가 있어."

영주는 그럴 리 없다고 믿었지만 이모님 말을 증명하듯 선호는 저녁에 마트 화장실에 드러누워 고래고래 소리를 질렀다. 엄마가 화장실에서 볼일 보는 동안 혼자 있기 싫다는 게 이유였다. 결국 둘은 한 칸에 들어갔다. 영주는 엄마가 볼일을 볼 동안 뒤돌아 서 있으라고 달랬지만, 선호는 끝까지 유아용 거치대에 앉겠다고 우겼다. 거치대 밑에는 '18개월 이하만 사용 권장'이라고 적혀 있었다.

선호는 더 이상 크고 싶지 않은 걸까. 만약 그렇다면 영주는 그게 자기 때문이라는 죄책감이 들었다. 요즘 들어 영주는 어린이집 선생님이 매일 찍어 보내는 사진 대신 선호의 더 어릴 때 사진을 자주 들여다봤다.

"이때는 선호가 엄마 말 잘 들었었는데, 그치?"

그때 우리는 행복했었는데 선호야. 지금 우리는 왜 이렇게 되었을까. 그 말을 직접 한 적은 없었지만 선호는 이상하게도 그즈음부터 더 아기처럼 굴었다. 마치 텔레파시라도 통한 듯이. 돌이켜 보면 선호가 태어나던 순간부터 두 사람은 그런 식으로 소통해 왔다. 영주는 아들의 울음소리만 들어도 선호에게 뭐가 필요한지 알았고, 선호는 엄마의 손길에 따라 영주가 기쁜지 슬픈지 알아챘다. 오히려 말은 근래에 더해진 것일 뿐, 둘은 처음부터 말없이 소통해 왔기에 영주는 더 두려웠다. 이제는 선호 앞에서 생각조차 말아야 하나.

문득 강렬한 시선이 느껴져 영주가 고개를 들었다. 선호가 볼일을 보는 영주의 아랫도리를 빤히 쳐다보고 있었다. 영주는 아들에게 처음으로 수치심을 느꼈다.

"김선호, 눈 감아."

선호가 딸이었다면 이런 감정은 느끼지 않았을 텐데. 영주는 선호가 점점 남자가 되어 가는 게 두려웠다. 그래서 선호가 크지 않기를 바랐던지도 몰랐다. 엄마라는 사람이 자식이 크지 않길 바라다니. 그 불온한 생각 때문이었을까. 결국 집에서 사달이 벌어졌다.

선호는 여느 때처럼 영주도 욕조에 들어오라고 떼썼다.

같이 목욕하는 습관을 고치려고 무던히도 애썼음에도 번번이 무너지던 영주였다. 오늘은 반드시 고치리라. 영주는 굳게 마음먹었다.

"안 돼. 앞으로 선호 혼자 목욕하는 거야."

"왜?"

"선호 이제 아기 아니라 형아니까."

"형아라도 엄마랑 목욕할 수 있어."

"아니, 형아들은 다 큰 남자라서 엄마랑 목욕 안 해."

"싫어. 나는 엄마랑 하고 싶단 말이야."

"선호, 나쁜 사람이야?"

"뭐?"

"엄마 말 안 듣는 사람은 나쁜 사람이야. 엄마는 나쁜 사람이랑은 못 살아."

영주가 선호를 두고 가차 없이 일어서려는 순간이었다. 아이에게서 살기 비슷한 게 느껴졌다. 나쁜 사람이라는 말에 화가 난 걸까. 선호는 들고 있던 샤워기를 제 머리 위로 한껏 치켜들더니 자신을 씻기려 욕조에 앉아 있던 엄마의 머리 쪽으로 세게 내려쳤다.

순식간에 벌어진 일이었다. 영주는 샤워기가 머리를 강타하기 전에 가까스로 선호의 손목을 붙잡는 덴 성공했지만 미끄러운 바닥 때문에 균형을 잃고 세면대에 머리를 부딪쳤다. 곧 정신이 아득해졌다.

　정신을 잃기 직전, 영주는 아픈 것보다 덜컥 겁이 났다.

　내 아들이 괴물이 되면 어떡하지. 아니, 이미 괴물이면….

　바닥에 쓰러진 영주는 정신을 잃기 직전까지 선호의 얼굴에서 눈을 떼지 않았다. 엄마를 닮지 않은 얼굴. 그렇다고 아빠를 닮지도 않았다. 도대체 선호는 누굴 닮은 걸까….

　정신을 차린 영주 눈에 잔뜩 겁을 먹은 선호가 보였다. 왜 그런가 보니 바닥에 피가 흥건했다. 상처는 세면대에 부딪혔을 때 생긴 이마의 피멍뿐인데. 이건 뭘까. 가만 보니 바지가 피로 젖어 있었다. 영주는 마트에서 돌아올 때 봤던 보름달을 떠올렸다. 월경 날짜를 까먹을 정도로 정신이 없다니. 수건으로 황급히 피를 닦으면서 선호를 진정시켰다.

　"엄마 괜찮으니까 걱정 마."

　"선호가 그랬어. 선호… 나쁜 사람이야."

　선호는 금방이라도 눈물을 터뜨릴 듯 어깨를 들썩였다.

　"아니야. 엄마 잘못이야. 엄마가…."

　영주는 잠시 말을 멈췄다. 이렇게 매번 아기 달래듯 하니까 선호가 자라지 않는지도 몰랐다. 그간의 불온한 생각들을 몰아내듯 영주는 되뇌었다. 내 아들은 계속 자라야 한다. 소뼈로 안 되면 사람 뼈라도 구해야 한다. 사람 뼈를 못 구하면 내 뼈라도 내주어야 한다.

영주는 선호에게 읽어 준 동화 속 마녀를 떠올렸다. 하긴, 엄마도 안 무서워하는 선호가 무서워하는 게 딱 하나 있긴 했다.

"꺅!"

복도식 아파트의 층 전체가 울릴 정도로 큰 비명이 울려 퍼졌다. 영주가 갑자기 비명을 지르자 선호가 놀란 토끼 눈으로 엄마를 바라봤다.

"엄…마…. 왜 그래?"

"난 네 엄마가 아니야."

영주의 눈동자는 텅 비어 있었다. 엄마의 낯선 모습에 놀랐는지 선호는 오들오들 작은 몸을 떨었다. 영주는 손에 묻은 피를 자신의 양쪽 뺨에 묻혔다. 공포영화의 한 장면 같았다. 어느새 얼굴을 피로 칠갑한 영주가 선호에게 천천히 다가가 말했다.

"봐, 네가 나쁜 사람이라서 네 엄마가 대신 벌을 받았잖아."

"…!"

"또 그럴 거야?"

"…"

"대답해! 또 엄마 말 안 들을 거냐고!"

"아니…요! 잘… 들을게요."

선호는 겁에 질린 채 고개를 끄덕였다. 많이 무서웠는지 바닥엔 오줌이 흘러내렸다. 당장 안아 주고 싶은 마음을 꾹 참고 영주는 마녀가 된 듯 한동안 선호를 노려봤다. 쉽지 않았지만 사람 뼈를 구하는 것보단 나았다.

마녀가 된 엄마를 본 선호는 말 잘 듣는 아이로 변한 듯했다. 마트에서 떼를 쓰지도 않았고 영주가 화장실에 가면 얌전히 밖에서 기다렸다. 더 이상 함께 발가벗고 욕조에 들어갈 필요도 없었다.

하지만 결과적으로 마녀 작전은 역효과를 불러왔다. 선호는 '별난 아이' 이상이 되고 말았다. 영주가 조금만 다치거나 피가 보이면 치료해야 한다며 달려들었고, 어린이집에서 키우던 새가 다치자 고통을 없애야 한다며 연필로 눈을 찔러 죽였다. 이제 병원 놀이 사건은 오해가 아닌 사실로 굳어졌다. 선호에겐 나름의 이유가 있었을지 몰라도 다른 엄마들에게 그건 중요하지 않았다. 물을 엎지른 자의 의도가 선의인지 악의인지 파악하고 두 번째 기회를 주는 일. 그런 수고는 내 자식에게만 가능한 것이었다.

학부모들의 항의로 선호는 결국 어린이집에서 쫓겨났다.

영주는 하늘이 무너졌다. 모든 게 자기 탓 같았다. 아들의 버릇을 고치려고 한 행동이 아들을 더 망치고 만 꼴이 되었으니 누굴 탓하랴. 안 그래도 혼자 육아하느라 지칠 대로 지쳤는데 이제는 벼랑 끝에 몰린 기분이었다. 매일 비타민 주사를 맞아도, 긴 잠을 자는 정원 옆에서 눈을 붙여도 잠이 오지 않았다.

마침내 영주는 인정할 수밖에 없었다. 내 몸 하나는 어찌어찌 건사해 살아왔으나 아들 몫까지 혼자 감당할 순 없음을 받아들여야만 했다. 전 남편이나 고모도 떠올렸지만 몇 번을 고민해도 아니라는 답이 나왔다. 애초부터 이 일을 자신과 나눌 수 있는 건 한 사람밖에 없었다. 나를 낳아 준 여자. 나와 내 아이가 어떤 짓을 저질러도 두 번째 기회를 줄 사람.

사람들은 부모의 자식 사랑을 손가락에 비유하곤 한다. 열 손가락 깨물어서 안 아픈 손가락이 있겠냐고. 그렇게 치면 영주는 엄마가 스스로 자른 손가락이었다. 영주는 자신을 버린 여자를 다신 보지 않겠다고 결심했었지만 상황이 바뀌었다. 지금은 누구에게라도 기대고 싶었다. 비록 엄마는 영주를 잘라 버렸지만 원래 붙어 있던 손가락마냥 살갑게 굴 수도 있었다. 그래야만 했다. 선호만 돌봐 준다면. 조금이라도 잠을 잘 수 있다면.

영주는 고모에게 전화했다.

"엄마 번호, 갖고 있죠?"

5

분명 50대 후반의 여성이라고 했다.

서형사는 친자식을 살해한 두 범인이 공통으로 만났다는 장년 여자에 주목했다. 흥분한 서형사와 달리 선배는 갈색 병을 보고도 시큰둥했다.

"이건 살인이 아니라 아동학대 사건이야."

"일단 이게 뭔지 분석부터 해 보죠."

"분석해서 뭐 하게? 사인이 경부 압박 질식사잖아. 엄마가 애 목을 조른 거라고."

"그렇긴 한데요. 애 엄마가 말하길 그 여자가 준 약을 토하게 하려고 했다고…."

"그럼 신양동 사건은 어떻게 설명할 건데? 애한테 먹인 게 아니라 가해자 본인이 먹은 거잖아."

"죽은 건 애잖아요. 사인에 간접적으로 영향을 준 거죠."

"서형사, 도대체 왜 그래? 자기 자식 죽인 여자들이야. 편이라도 들어주고 싶어서 그래?"

편을 들어주고 싶은 게 아니었다. 오히려 그 반대였다.

"저는 그 뒤에 있는 사람을 잡고 싶은 겁니다. 진짜 나쁜… 진범이요."

"그럼 이 여자들이 세뇌라도 당했단 거야? 자기 자식을 죽이라고?"

"요즘 가스라이팅 사건 많잖아요. 취약한 사람들에게 접근해서 심리적 지배로 이득을 취하는 사람들이요. 우리가 봤을 땐 왜 당하나 싶지만 피해자들 입장에서는 자기의 결핍을 채워 주는 사람이거든요. 약이 필요하면 약을 주고, 사랑이 필요하면 사랑을 주고, 엄마가 필요하면 엄마가 되어 주고. 그래서 그 사람이 시키면 뭐든 하죠. 어쩌면 자기 자식까지…."

"서윤성! 지금 소설 써?"

서형사는 갈색 병을 국과수에 의뢰해 보고 싶었지만 사건이 여청계에 이관되면서 함부로 건드릴 수 없게 되었다. 한참을 고민하던 그는 몰래 사건을 조사하기로 결심했다. 스스로도 왜 이렇게까지 하는지 의문이었다. 처음엔 단순히 성과 때문이었다. 강력계에 온 후 이렇다 할 실적이 없었기에 큰 사건을 맡고 싶었다. 갈색 병을 보자마자 마음이 동한 것도 그 때문이었다. 아동학대인 줄 알았던 두 사건에 같은 배후가 있다면?

서형사도 내심 알고 있었다. 선배 말대로 병에 든 물질의 성분을 분석하더라도 사인과 직접적인 관련이 없는 한 살인사건이 되긴 힘들다. 설사 같은 배후라 하더라도 타인도 아니고 친자식을 가스라이팅으로 살해하게 했다는 사실을 증명하기가 어디 쉬울까. 이쯤 되니 성과와는 더더욱 상관이 없어졌다.

서형사는 그 여자의 정체가 궁금했다.

그가 그토록 찾던 진짜 나쁜 놈 같아서다. 정확히 말하자면 '진범'에 가까웠다. 자식을 죽인 두 가해자가 누명을 썼다는 말은 아니나 그들을 망친 진짜 범인.

가해자들을 취조하다 보면 그들 역시 과거 피해자였던

경우가 꽤 있었다. 어릴 때 가정폭력의 피해자가 또 다른 폭력의 가해자가 되는 사례. 면죄부를 주려는 건 아니지만 서형사는 매번 한발 늦은 기분이었다. 당장 범인을 잡았다고 해도 어디선가 다른 범죄자들이 계속 만들어지고 있다면 어떻게 해야 하나. 서형사는 이미 벌어진 사건의 범인이 아니라 앞으로 벌어질 사건들의 진범을 잡고 싶었다.

잠이 필요한 사람들에게 잠이 잘 오는 약을 줬다는 여자. 내 결핍을 귀신처럼 알아채고 그걸 채워 준 여자.

선의였을 수도 있지만 과연. 보통의 사람들은 자기에게 이득이 되지 않은 일엔 별 관심이 없기에 누군가의 이유 없는 선의는 악의를 품은 경우가 많다. 최악은 따로 있다. 바로 선의와 악의가 구분되지 않는 부류다. 그런 인간들에게 걸리면 인생이 복잡해진다. 사람을 죽이거나 때리지 않아도 상대의 존재를 뿌리째 흔드는 인간들. 그들은 악의를 선의로 가장하는 게 아니라 선의와 악의를 동시에 품고 있다. 그래서 매혹되는 면이 있기도 했다.

서형사는 아주 오래 잊고 살았던 한 사람을 떠올렸다. 그때 그건 선의와 악의 중 뭐였을까. 과거에 그가 당했던 것처럼 두 여자도 그런 인간에게 당한 건지 몰랐다.

서형사는 사건의 진범을 찾아 움직이기 시작했다.

6

"그 여자, 돈 되는 건 다 하는 거 같아."

고모는 영주의 엄마를 그 여자라고 불렀다. 입에 붙어서인지 가끔은 영주 앞에서도 그렇게 불렀다.

엄마는 영주를 떠날 당시 만났던 남자와는 1년도 안 되어 헤어졌다. 가끔 고모를 통해 용돈을 전했지만 영주는 한 푼도 받지 않았다. 서울살이가 녹록지 않았던지 엄마는 영주가 대학에 갈 무렵에 고향인 제주도로 내려갔다. 그러다 최근 서울로 돌아온 모양인지 고모에게 전화가 왔었다고

했다. 이제 와서 고모에게 넘긴 파주 집이 아쉬워진 게 분명
했다.

　　돈 많은 집 사생아를 집에서 몰래 받아 준다더라, 시장
통 목욕탕에서 세신사로 일한다더라, 동네 노인들한테 침도
놓고 사혈도 한다더라 등. 고모는 신나게 떠들다가 괜히 머
쓱해졌는지 안 그래도 연락이 끊겨서 혹시나 했는데 살아
있는 게 어디냐며 덧붙였다. 엄마가 고모에게 직접 연락하
는 건 1년에 딱 한 번이었다. 아빠 기일마다 보내는 10만 원
입금 문자. 물가가 올라도 20년째 같은 금액이었다. 사정이
어려운지 몇 년 전부터는 그마저 끊겼다고 했다. 고모는 옛
생각이 떠오른 듯 불쑥 말했다.

　　"영주야, 난 네 엄마 아직 용서 못 한다."

　　영주는 고개를 끄덕였다. 그럴 만도 하지. 단, 이유는
헷갈렸다. 그간 고모는 영주에게 일관되게 전했다. '그 여자
때문에 내 오빠가 죽었다.' '그 여자 때문에 내가 널 떠안았
다.' 대놓고 말하진 않았지만 고모 집에 얹혀사는 동안 들은
모든 말은 그렇게 해석할 수 있었다. 진짜 이유는 어느 쪽
일까.

　　어릴 때는 전자라고 생각했는데 선호를 낳고 보니 후자
에 가까운 것 같았다. 같은 핏줄이라도 친오빠보다는 내가

낳은 자식이 먼저다. 고모는 자기 딸에게 온전히 주어야 할 것들을 영주에게 나누어 주는 걸 거북해했다. 매 끼니, 등록금, 용돈, 하다못해 생리대 하나까지. 영주는 고모가 쓰레기통에 있던 생리대를 펼쳐 영주에게 다시 쓰라고 했던 기억을 떠올렸다. 그건 사촌의 것이었다.

"언니는 아빠 쪽을 닮았나 봐요."

세 여자가 집을 나서면 딸이 둘인 줄 알고 사람들이 묻곤 했는데 그때마다 고모의 얼굴이 묘하게 일그러졌다. 하필 사촌은 고모를 빼다 박았다. 두 모녀는 얼굴은 물론이고 길쭉한 배꼽마저 닮아 있었다. 당연하게도 고모는 친딸에게만 '엄마'라는 호칭을 허락했다. 그렇지만 영주가 '고모'라고 부르는 것도 싫어했다. 남들 보기에 정 없어 보인다나. 영주는 아예 부르지 않거나 사촌이 자기 엄마를 부를 때까지 기다렸다가 옆에서 작게 말을 보탰다.

"(저기) 급식비 내야 하는데…."

"(저기) 수학여행은 어떻게…."

영주에게 고모는 '저기'였다. 저기는 영주가 다시 태어나지 않는 한 절대 다다를 수 없는 곳이었다. 그런 고독감이 느껴질 때마다 이상하게 배꼽이 가려웠고 그날은 여지없이 무서운 꿈을 꾸었다. 그런 꿈들은 영주가 산모 대신 꾼 다지증 아기 꿈처럼 타인의 꿈들이었다. 밤새 악몽에 시달린 다음 날, 고모가 영주의 비밀을 다 알고 있다는 듯 말했다.

"귀신이 씌면 몸이 가렵다던데."

영주는 두려웠다. 혹시 배꼽으로 '저기'의 나쁜 꿈들이 들어오는 게 아닐까. 무서운 꿈을 꾼 날이면 차라리 배꼽을 없애 달라고 기도했다. 불행히도 그 구멍은 아무 기능이 없었다. 그 여자와 언젠가 연결되어 있었다는 흔적일 뿐이었다.

그때를 떠올리니 새삼스러웠다. 그토록 인연을 끊고 싶었는데. 평생을 도망쳐 왔는데 지금은 내가 먼저 소식을 물어보다니.

"다음 주가 네 아빠 기일이잖아. 내 생각에는…."

고모는 전화를 끊기 전에야 용건을 꺼냈다. 재작년인가부터 누군가 이맘때 파주 집 마당을 청소하고 가는데 아무래도 네 엄마 같다고. 제사비를 못 챙겨 주니 몸으로 때우려는 거 같다며, 만나면 밀린 제사비를 받아 달라고. 참으로 고모다운 용건이었다.

영주는 전화를 끊고 잠시 멍해졌다. 엄마를 다시 만난다니. 예전의 영주였다면 상상도 못 할 일이었지만 지금의 영주는 달랐다. 선호를 위해서라면 못 할 게 없었다. 한편으론 엄마에게 첫 번째 기회를 주고 싶기도 했다.

엄마가 아닌 친정엄마가 될 기회.

아빠의 기일은 선호의 생일이기도 했다. 영주는 보통 기일 일주일 전 납골당에 들르고 당일은 생일파티를 했다. 그래도 막상 그날이 오면 괜히 울적해져서는 아빠가 더욱 원망스러워졌다. 단순히 날짜가 같아서가 아니었다.

아빠만 살아 있었어도 지금 삶과는 분명 달랐을 것 같았다. 아빠가 죽지 않았다면 엄마가 집을 나가지 않았을 것이고, 영주도 외롭다는 이유로 아무 남자와 결혼하고 혼자 아이를 낳는 짓 따윈 하진 않았을 텐데.

"엄마 나 봐 봐! 치즈!"

선호는 천진난만한 여섯 살 남자아이답게 잔뜩 신나서 엄마 사진을 찍어 댔다. 영주가 선물한 게임기였다. 선호가 계속 졸랐지만 비싸서 엄두도 못 내던 제품이었는데 요즘의 일로 미안함도 커 다소 무리했다. 최신 게임은 물론이고 내장 카메라와 마이크도 있어 화질은 낮지만 사진을 찍을 수도, 같은 기기를 가진 친구들끼리 음성 채팅도 가능했다.

선호가 새로 산 게임기에 정신 팔린 사이 영주는 마트에서 사 온 음식을 접시에 담았다. 아무도 선호의 생일파티에 오려고 하지 않아서 영주와 선호 둘뿐이었다. 다시 시무

룩해진 선호는 케이크의 초를 힘없이 불었다.

"친구들이랑 놀고 싶어."

"저녁에 키즈카페 가자. 좀 있다가 새 이모님 오시기로 했잖아."

"지금 가고 싶단 말이야."

"엄마 오늘 나가야 한다고 말했잖아."

"싫어! 내 생일이니까 오늘은 내 맘대로 할래!"

어린이집에서 쫓겨난 뒤 선호는 더 예민해졌다. 친구가 없어 엄마밖에는 놀 사람이 없지만 영주는 해야 할 일들에 쫓겨 선호와 놀아 줄 시간이 없었다. 오늘은 더 그랬다.

"엄마 오늘 할머니 만나러 갈 거야. 그러니까 선호가 좀 이해해 줘."

"선호, 할머니 없어. 엄마가 그랬잖아."

"사실… 있어."

"없어! 선호는 할머니 없단 말이야!"

선호는 거의 발작 수준으로 떼를 쓰기 시작했다. 이런 경우 자신이 원하는 바를 이루기 전까지는 몇 시간이고 지치지도 않고 떼를 썼기에 영주는 일단 선호를 데리고 밖으로 나갔다.

영주는 집에서 입는 원피스 잠옷 바람으로 운전대를 잡

앉다. 마음이 급했다. 이모님에게 집이 아니라 키즈카페로 오라고 전화부터 해야 했다. 블루투스를 연결할 여유도 없어서 한 손으로 휴대폰을 들었지만 배터리 잔량이 없었다. 급하게 휴대폰 충전기를 꽂으며 아파트 입구 차단기를 지나쳤다. 막 속도를 높여 우회전하려던 순간이었다. 한 아이가 갑자기 차 앞으로 튀어나왔다. 영주는 황급히 브레이크를 밟았다.

끼익!

아파트 단지에 급정거 소리가 울려 퍼졌다. 신호는 파란불이었다. 게다가 이곳은 어린이보호구역이다. 5년째 매일 다니는 길인데도 영주는 그 사실을 까무룩 잊고 말았다.

"아줌마! 지금 애 칠 뻔했잖아요!"

엄마로 보이는 여자가 아이를 감싸며 소리 질렀다. 영주는 방금 한 아이를 시속 60킬로미터로 칠 뻔했다. 백미러로 아이의 엄마가 자신에게 삿대질하는 모습이 보였지만 시간이 없었다. 영주는 제대로 된 사과도 없이 고개만 까딱인 뒤 황급히 빠져나갔다. 곧 이모님이 도착할 시간이었다. 키즈카페가 있는 마트 주차장에 도착한 영주는 이곳에 어떻게 왔는지 기억도 나지 않았다. 48시간째 깨어 있는 중이었다.

여름방학 시즌을 맞아 맞아 마트에서는 어린이 행사가 열리고 있었다. 디즈니 캐릭터들로 분장한 스태프들이 풍선을 나눠 주자 아이들이 몰려들었다. 선호가 행사에 정신이 팔린 사이 영주는 콘센트에 휴대폰을 충전한 채로 전화를 걸었다.

"이모님. 제가 급히 나가는 중인데 다시 이쪽으로 오시면 안 될까요? 실은 오늘이 아버지 기일이라서요."

이모님은 이미 집으로 갔다가 허탕을 치는 바람에 기분이 상한 상태였다. 어떡하지. 오늘이 아니면 1년은 못 볼 텐데. 전화를 끊은 영주가 발만 동동 구르고 있는데 행사장에서 비명이 들렸다. 선호가 있는 쪽이었다. 쫓아가 보니 스태프 중 백설공주 옷을 입은 20대 여자가 뒤로 발랑 넘어져 있었다. 그런데 드레스 속에서 뭔가가 꿈틀거렸다.

"어머, 애가 왜 이래!"

뭔가를 직감한 영주가 백설공주 치마에서 움직이는 물체를 끄집어냈다. 역시 선호였다.

"김선호! 너, 뭐 하는 거야!"

"이 누나가 아야 했단 말이야! 마녀 때문에 피 나면 어떡해!"

백설공주 역을 맡은 여자의 말에 따르면 마녀가 준 사

과를 먹고 기절하는 연기를 하는 순간 선호가 달려와 치마에 들어갔다고 했다. 많이 당황했는지 눈물까지 글썽였다. 설상가상 마트 안 사람들은 재미난 구경거리라도 생긴 듯 점점 모여들었다. 그들이 구경하는 건 선호였다.

쟨 도대체 무슨 문제가 있길래 저러는 걸까. 애 엄마가 어떻게 키웠길래. 사람들이 수군댔지만 영주는 눈물을 꾹 참았다.

"죄송합니다. 제가 잠깐 화장실에 간 사이…."

영주는 고개 숙여 사과했다. 선호의 소란으로 행사는 중단되었다. 뒤늦게 온 사람들은 사정을 몰라 툴툴거리며 흩어졌다. 영주는 사람들의 뾰족한 시선을 받아 내며 선호를 구석으로 데려갔다. 처음에는 혼낼까 싶었지만 마음을 다잡고 꼭 껴안았다.

"괜찮아. 선호 잘못 아니야. 다 엄마 잘못이야."

아들의 작은 어깨가 비를 흠뻑 맞은 새처럼 떨리고 있었다. 본인도 놀랐는지 바지에서는 오줌이 뚝뚝 떨어졌다. 영주는 바지를 사서 갈아입힌 뒤 집 앞 놀이터로 향했다.

"오늘은 선호 생일이니까 엄마랑 실컷 놀자."

엄마가 아무 일 없었던 것처럼 대하자 선호도 곧 웃음을 되찾았다. 둘은 신나게 미끄럼틀을 타는 것처럼 보였지만 영주는 속으로 절망했다. 오늘은 여러 이유로 엄마를 꼭 만나고 싶었다. 첫 번째 이유는 선호였다. 남편 제사비도 못 주는 지금의 처지와 자신을 버렸던 과거를 볼모로 잡고 선호를 봐 달라고 할 참이었다. 두 번째로, 엄마에게 꼭 한번 물어보고 싶은 게 있었다. 하지만 오늘 못 보면 1년을 더 기다려야 할지도, 어쩌면 영원히 물어볼 수 없을지도 모르는데…. 그때 선호가 영주가 있는 벤치로 뛰어왔다.

"엄마! 나 형아랑 더 놀아도 돼?"

선호 뒤에는 남학생 하나가 서 있었다. 같은 아파트에 사는 고등학생인데 훤칠한 키에 인사성도 밝고 싹싹해서 영주도 기억하고 있었다. 놀이터 앞을 지나가다 자신과 같은 게임기를 가진 선호가 신기해 말을 걸었다고 했다. 선호에게 온라인으로 같이 플레이하는 법을 가르쳐 주려던 참이었다고.

"바쁘지 않아? 수험생 같은데…."

"괜찮아요. 저 수시 합격해서 수능 안 치거든요."

"그럼 혹시 우리 선호랑 잠깐만 놀아 줄래? 두 시간 정도만."

남학생은 자신에게 무례한 부탁을 하는 여자를 잠시 훑어봤다. 원피스처럼 보이지만 영주가 입은 옷은 잠옷이 분명했다. 남학생이 마지못해 고개를 끄덕이자 영주는 선호를 남겨 두고 도망치듯 차로 향했다.

　　'WELCOME TO 파주'라고 쓰인 녹색 안내판이 지나가
더니 곧 한적한 도로가 드러났다. 재개발이 진행 중인 듯 폐
가와 새 건물이 혼재하는 동네. 공사가 중단된 부지 옆으로
낡은 이 층짜리 주택이 보였다. 오랜만에 보는 집은 담쟁이
로 뒤덮여 집 자체가 거대한 나무 같기도 했다. 영주는 차를
세워 놓고도 한참을 망설이며 나가지 못했다. 이 집에 다시
오게 될 줄은 몰랐는데.

　　영주가 열네 살 때까지 부모님과 함께 살던 집이었다.

고모는 죽은 오빠의 추억이 깃든 곳이라며 영주 모녀에게 절대 팔지 말라고 당부했지만 정작 본인은 명의를 넘겨받자마자 집을 내놓았다. 당장 독립을 위한 보증금이 필요했던 영주는 지켜볼 수밖에 없었다. 고모는 재개발 소식을 믿고 제법 집 관리도 하면서 몇 년간 열심히 값을 올렸다. 그러다 재개발이 취소되면서부터는 오랫동안 방치했다. 끝내 집이 팔리지 않자 5년간 먹이고 키운 조카에게 보증금까지 뜯겼다며 친척들이며 동네 사람들에게 신세 한탄을 했다.

녹슨 대문은 잠겨 있지도 않았다. 자물쇠 역할을 하던 나무판자는 작은 힘에도 균형을 잃고 바닥에 툭 떨어졌다. 영주는 덜컥 겁이 났다. 오랫동안 빈집이었으니 안에 뭐가 있을지 모를 일이었다. 살인범이 범죄를 저지르고 몰래 살고 있을지도, 산에서 내려온 멧돼지가 숨어 있을지도, 근처 공사장 인부들이 화장실로 썼다면 오물로 가득할지도 모른다. 그러나 그 모든 상상보다 그 여자를 다시 보는 게 가장 두려웠다.

영주는 도망치고 싶은 마음을 애써 달래며 조심스레 마당으로 들어갔다. 걱정과 달리 살인범도, 멧돼지도, 오물도 없었다. 그렇지만 아직 초입이니 경계를 늦출 순 없었다. 나무판자가 삭아서 부서질 정도면 마당에 있던 나무며 풀도 진작 말라 죽었으려나. 영주가 생각하기에 사람의 손길에서 멀어진 식물들은 대개 둘 중 하나였다. 한계를 모르게 번성하거나 아예 사라지거나. 둘의 차이가 무엇인지는 알 수 없었다. 다행인지 불행인지 이곳은 전자였다. 마당 깊숙이 들어가자 밀림을 연상케 할 정도로 온갖 풀과 꽃이 자라 있었다.

그 순간 바람을 타고 진한 향기가 풍겨 왔다. 향기를 따라간 곳엔 거대한 나무가 서 있었다. 하늘을 향해 길쭉이 뻗은 나무는 무척이나 고고해 보였다. 영주의 꿈에 종종 등장하는 나무였다. 그걸 보자 비로소 명료해졌다. 이 집에 살았던 게 꿈은 아니었구나. 그 여자의 딸로 살았던 14년도 분명 실재한 시간이었다. 기억은 잘 나지 않지만. 그때 현관문 쪽에서 인기척이 느껴졌다.

삐걱.

살짝 열려 있던 현관문을 밀자 거대한 암흑이 영주를 집어삼킬 듯 아가리를 벌리고 있었다. 조명도 없고 커튼으로 가려져 있어서인지 집 자체가 시커먼 동굴처럼 보였다. 영주는 곧 심장이 쪼그라드는 감각에 숨통이 조여 왔다. 도망친다면 지금이 마지막 기회이려나.

영주는 조용히 눈을 감았다. 선호가 하는 게임의 주인공은 심장이 세 개나 있는데 끔찍한 일을 겪을 때마다 하나씩 잃는다. 영주가 게임 속 주인공이라면 집 앞과 현관 앞에서 벌써 심장을 두 개 잃었을 것이다. 영주는 빌었다. 부디 용을 만나기 전까지 마지막 심장이 남아 있길. 반드시 성에 갇혀 있는 공주를 구할 수 있길. 아니, 선호를 구해야 하니 왕자인가.

선호를 구해야 한다고 생각하자 신기하게도 두려움이 조금씩 사라졌다. 그렇게 영주는 시커먼 그림자 속으로 첫발을 내디뎠다.

더듬더듬 벽 스위치를 눌러 보니 다행히 부엌 쪽 작은 무드 등이 켜졌다. 그제야 어렴풋이 집 안이 보였다. 20년 전 세간들이 그대로 남아 있었다. 사람 사는 티가 나야 집이 팔린다는 이유로 고모가 영주네 살림을 그대로 둔 탓이었다.

영주의 시선이 가장 먼저 향한 곳은 콘솔 위 가족사진이었다. 뽀얗게 먼지 쌓인 사진 속에 부모님과 열네 살의 영주가 있었다. 영주는 사진 속 자신이 처음 보는 사람처럼 느껴졌다. 내 방은 이 층이었던가. 영주는 이 층으로 올라가는 나무계단 앞에 섰다. 층고는 높은데 단은 짧아 경사가 꽤 가팔랐다. 어른이라면 문제없겠지만 선호 같은 아이들은 까

딱 잘못하면 다칠 정도로 보였다. 영주는 긴장되는 마음으로 계단 위에 발을 올렸다. 걸음을 옮길 때마다 낡은 나무판자가 뒤틀리며 비명을 질러댔다.

삐걱. 삐걱.

중간쯤 올라갔을 때였나. 예상치 못한 소리가 들려왔다. 처음엔 새소리인 줄 알았는데 자세히 들어 보니 사람 목소리였다. 내용은 알아들을 수 없었다. 말도 아니고, 노래도 아니지만 동시에 그 모든 것 같은 소리. 흡사 주문 같은 기괴한 소리였다.

동시에 수면제를 먹은 듯 주체할 수 없이 졸음이 밀려왔다. 영주가 비틀거리며 계단 손잡이에 몸을 기대려는데 어깨 위로 낯선 손의 감촉이 느껴졌다.

놀라 뒤돌아보려는 순간, 하필이면 7년 전 그날처럼 신발 끈이 풀려 있었다. 영주는 신발 끈에 걸려 균형을 잃었다. 계단에서 추락하기 직전, 영주는 방금 자신의 어깨를 잡았던 누군가의 품에 안긴 채 기절하듯 잠들었다.

얼마나 시간이 흘렀을까.

영주는 계단 아래에서 눈을 떴다. 그 여자. 영주의 엄마가 있었다. 20여 년의 세월 때문인지 한눈에 알아보기가 쉽지 않았다. 예전 가족사진 속 엄마는 전형적인 현모양처였다. 긴 웨이브 머리에 앞치마를 입고는 우아하게 웃고 있는 의사 사모님. 반면 지금 영주 앞에 있는 여자는 완전히 다른 사람이었다. 짧은 단발에 입술은 새빨갛고, 투박한 개량 한복을 입었다. 얼굴만 보면 화류계 여자 같고 옷만 보면 촌부 같은데 둘의 부조화에서 왠지 모를 불온함이 풍겼다.

무슨 말을 해야 하지. 영주가 쭈뼛거리자 엄마가 무릎을 꿇고 영주의 신발 끈을 묶기 시작했다. 신발 끈을 묶는 엄마의 흰 손등엔 시퍼런 핏줄이 불뚝 튀어나와 있었다. 영주는 자신도 모르게 소매를 내려 엄마를 닮은 제 손을 숨겼다. 많고 많은 것 중 왜 하필 이런 걸 닮았는지.

엄마가 영주의 퀭한 얼굴을 보더니 걱정스레 말했다.

"우리 딸, 또 못 잤구나."

영주는 그 한마디에 무너져 버렸다.

"나 좀 살려 줘. 엄마…."

그 여자가 어떤 사람이든 중요하지 않았다. 지금 영주에게 필요한 건 엄마가 아니라 친정엄마였다. 내 아이를 돌봐 줄 친정엄마.

2부

· · ·

노간주나무 집

· · ·

8

마주간 나무

　　일주일 후 영주는 선호를 데리고 파주로 이사했다. 7월 초인데도 선호 허벅지에 벌써 땀띠가 생길 정도로 더웠다. 영주는 네 달 뒤 보건교사 임용을 칠 때까지만 친정엄마에게 선호를 부탁하기로 했다. 20년 동안 묵은 감정이나 늘어난 출퇴근 시간은 별문제가 되지 못했다. 영주가 바라는 건 딱 하나. 잠을 자고 싶었다. 그리고 선호를 색안경 끼지 않고 봐줄 사람은 좋든 싫든 친정엄마밖에 없었다.

　　고모는 기어이 월세를 받겠다고 했다.

"이참에 이 집을 사는 건 어떠니? 앞으로 셋이 쭉 살려면 큰 집이 좋잖아."

조카에게 헐값에 뺏어간 집을 도로 팔려고 하다니. 예전이라면 상처받았겠지만 선호를 낳은 뒤부터 이런 말쯤은 아무렇지 않았다. 문제는 선호였다.

"일단 일곱 밤만 할머니 집에서 잘 거야. 그리고 우리 선호가 할머니 말 잘 들으면 엄마 시험 칠 때까지 더 있을 거고."

"이사 가기 싫은데…."

"엄마 또 아프면 좋겠어? 선호가 말 안 들으면 마녀가 다시 찾아올지도 몰라."

"그건 안 돼!"

"그래, 엄마 안 아프려면 우리가 할머니 집에 가야 해. 괜찮지?"

"응, 엄마 안 아프게 선호가 지켜 줄 거야."

영주는 선호가 원망스러우면서도 고마웠다. 자신을 벼랑 끝으로 몰고 간 존재도, 거기 매달려 악착같이 살고 싶게 만드는 존재도 모두 선호였으니까.

폐가처럼 을씨년스럽던 집도 쓸고 닦으니 꽤 아늑한 느

낌이 났다. 영주는 청소하느라 제 몸만큼의 땀을 흘렸다. 친정엄마도 인테리어 업자를 불러 삐걱대던 나무계단이며 고장 난 조명을 죄다 수리했다. 송사장은 영주에게 명함을 건네며 당부했다.

"계단 쪽에 튀어나온 못들이 꽤 많더라고요. 안전하게 다 박아 두었으니 두어 달 정도는 괜찮을 겁니다. 더 오래 사실 거면 아예 리모델링을 해야 해요."

송사장이 돌아가자 친정엄마는 뿌듯한 얼굴로 집을 둘러보며 말했다.

"예전에 살았을 때랑 똑같아졌지?"

"…. 사실 여기 살았을 때 기억이 거의 없어요."

지난번에는 오래전이라 기억을 못 할 뿐 차차 떠오를 줄 알았는데 아니었다. 10년간 살았던 집인데도 남의 집 같았다. 친정엄마와 관련된 기억은 특히 흐릿했다. 외모가 바뀌어서일까. 좋은 추억이 아니니 일부러 기억하지 않으려는 듯도 했다. 영주는 굳이 떠올리려 하지 않았다. 영주에게 그 여자는 나를 낳아 준 엄마가 아니라 선호를 돌봐 줄 친정엄마니까.

"그럴 수도 있지. 워낙 오래전 일이잖니."

실망한 듯 안도한 듯 친정엄마가 묘한 표정을 짓자 영

주가 말했다.

"마당에 있는 나무는 기억나요."

꿈에 종종 나왔을 뿐 특별한 기억은 없던 나무였다. 어제, 친정엄마가 사다리에 올라가 나뭇가지를 정리하고 있는 걸 봤을 때 잊고 있던 기억 하나가 불쑥 떠올랐다.

친정엄마는 유독 이 나무를 아꼈었다.

노간주나무라는 종이었다. 영주 가족이 이사 오기 전부터 있던 나무였다. 아빠는 관리하기도 어렵고 수형도 예쁘지 않다며 베려고 했었다고 했다. 집에 온 손님들도 왜 저런 나무가 애초에 정원에 있냐며 의아해했다. 끝까지 고집부려 나무를 살린 건 친정엄마였다. 이후로 매년 가지치기를 하고, 철마다 열매를 따서 말리고, 말린 열매로 술을 담그고, 잎으로 차를 만들었다.

정원수로 많이 쓰이는 향나무는 관리도 쉽고 가지가 사방으로 퍼져서 넓게 그늘을 내주는 반면에 노간주나무는 가지가 하늘을 향해 길게 뻗은 병솔 형태라 그늘도 작았다. 잎도 바늘처럼 뾰족해서 전체적으로 까칠한 인상이었다. 언뜻 보면 회초리나 긴 빗자루처럼 생긴 탓에 사촌은 '무서운 할머니' 같다고 했었다. 영주는 할머니를 만나 본 적은 없지만 언젠가 친정엄마가 이 나무를 보고 '우리 엄마 같다'고 했던 말을 떠올렸다.

영주는 노간주나무를 좋아했다. 이유를 설명할 순 없지만 이 나무 아래 있으면 마음이 편해졌다. 아무도 좋아하지 않으니 혼자 마음 편히 낮잠을 잘 수도 있었다. 집에 남아 있는 유일하고도 좋은 기억이기에 꿈에도 나왔던 것 같다.

파주로 오던 날에 선호는 이사보다도 할머니와의 첫 만남을 앞두고 긴장한 기색이 역력했다.

"선호, 할머니한테 인사해야지."

"안녕… 하세요."

친정엄마는 일주일 전과 180도 다른 모습이었다. 시뻘건 입술과 개량 한복 대신 자연스러운 화장에 꽃무늬 블라우스와 긴 주름치마 차림이었다. 여기에 부드러운 파마까지 더해져 오래전 가족사진과 비슷한 분위기를 풍겼다. 누가 봐도 평범한 할머니 같았다. 영주는 내심 안도했다. 선호가 무서워할까 봐 걱정했는데.

"네가 선호구나. 할머니가 누군 줄 알아?"

대답이 없자 친정엄마가 다시 물었다.

"선호도 엄마가 있지?"

"네…."

"그럼 엄마도 엄마가 있겠지?"

"아니요. 우리 엄마는 엄마 없다고 그랬어요."

선호의 답에 영주가 시선을 떨구었다. 친정엄마는 아무렇지 않은 듯 웃음을 터뜨렸다.

"세상에 엄마가 없는 사람은 없단다."

"…."

"할머니는 엄마의 엄마야. 알겠지?"

"네."

"그러니까 선호가 엄마 힘들게 하면 할머니가 이놈! 할거야."

그러면서 주머니에서 사탕을 꺼내 선호에게 내밀었다.

"이거 먹고 할머니 말 잘 듣는 착한 아이가 되는 거다?"

선호가 사탕을 입에 넣자 친정엄마가 선호의 머리를 쓰다듬었다. 칭찬의 의미보다는 좋은 과일을 고르듯 탐색하는 손길이었다.

"우리 선호 착한 사람 맞네. 요 머리통을 만져 보니 딱 알겠어."

오랜만에 받는 칭찬에 기분이 좋아졌는지 선호가 갑자기 방방 뛰기 시작했다.

"선호야! 쿵쿵거리면 아랫집에서…"

영주가 말을 하려다가 다물었다. 이제 층간소음은 신경

쓸 필요가 없다.

"나 잡아 봐, 엄마!"

"엄마 달리기 못한다니까…"

마당을 가로질러 신나게 뛰어노는 선호를 보니 벌써 마음이 편안해졌다. 그날 밤, 영주는 오랜만에 잠에 푹 빠져들었다.

20여 년 만에 만난 친정엄마와의 동거는 생각보다 순조로웠다. 보통의 모녀 사이는 아니었지만 마음 놓고 아들을 맡길 수 있는 것만으로도 한시름 놓을 수 있었다. 더구나 몇 년 만에 숙면한 덕분에 비타민 주사를 맞지 않고도 하루 근무를 버틸 수 있었다.

오전 출근인 날엔 친정엄마가 준비한 밥을 먹고 집을 나섰다. 더 이상 선호가 어린이집에서 사고를 치진 않을까 혹여나 시터 이모님이 그만두진 않을까 하고 마음 졸일 필요가 없었다. 선호는 옆집의 동갑내기와 금방 친해져 어린이집에 보내 달라고 떼쓰지도 않았다. 퇴근하면 친정엄마가 차려 놓은 저녁을 먹고 선호에게 동화책을 읽어 주었다. 그러다 선호가 잠들면 밀린 집안일을 할 필요 없이 공부에 집중했다. 친정엄마는 틈틈이 간식을 챙겨 가져다줬다. 어렸을 때로 돌아가 엄마의 보살핌을 받는 기분이었다. 삶이 이렇게나 바뀔 수 있다니.

영주는 눈앞에 있는 사람이 자신이 그토록 오래 미워하고 원망했던 그 여자라는 게 믿기지 않았다. 기억 속 엄마는 이런 사람이 아니었다. 그럼 어떤 사람이었지? 아무리 노력해도 구체적으로 떠오르는 건 없었다. 그저 매번 다른 사람이었던 기억뿐. 지금 영주가 언제나 선호의 엄마인 것과는 달리 엄마는 매번 영주의 엄마이지는 않았다. 다행히 지금의 친정엄마는 그 여자와 달랐다.

"나도 내가 이 집에 돌아올 줄은 몰랐다."

친정엄마는 지난 삶에 대해서도 꾸밈없이 털어놨다. 재혼한 남자는 알고 보니 사기꾼이라 빚만 잔뜩 안겼다고. 혼자라도 영주를 키울까 했는데 먹여 살릴 자신도 없었고 자신보다는 안정적인 고모네가 나을 거라 판단했다며 담담히 고백했다. 영주를 맡길 때 고모에게 파주 집도 넘겨준 터라 이대로 사는 게 옳다 싶었다고 했다.

친정엄마의 고백은 한동안 이어졌다. 배운 게 도둑질이라고 처녀 때부터 애받는 일을 했던 터라 조산원에 취직했다. 하지만 대부분이 병원에서 출산하고 곧장 산후조리원에 들어가는 추세라 생계를 유지하긴 어려웠다. 한때 우아한 의사 사모님이었지만 식당 서빙, 전단지 아르바이트, 동대문 사입, 목욕탕 세신사까지 가리지 않고 일했다. 그러다 목욕탕에서 작게 피부미용실을 열어 간단한 마사지나 쑥 찜질을 해 주면서 그나마 사정이 나아졌다며 배시시 웃었다.

"남자한테 미쳐서. 내 신세 내가 망친 거지."

친정엄마는 잠깐 다른 사람이었다가 이제 제정신이 든 것처럼 말했지만 영주는 믿지 않았다. 사람의 본성은 쉽게 변하지 않으니까.

의문은 여전히 남아 있었다. 지금껏 자기 맘대로 살아왔던 사람이 왜 갑자기 손자를 봐주겠다고 한 건지. 아무리 생각해도 돈 때문일 가능성이 높았다. 사별한 남편 제사에 올릴 10만 원도 없던 사람에게 숙소 제공에 시터 월급이면 혹할 조건이었다.

돈 때문이 아니라면, 예상 가는 이유가 하나 있었다. 친정엄마 역할이 마음에 들어서다. 영주도 처음 엄마가 되었을 때 그랬으니까. 다들 처음으로 누군가의 무엇이 되면 그 역할에 빠진다. 애인, 자식, 배우자, 며느리 등. 중요한 건 그것을 평생 할 수 있는지 여부다. 영주는 평생 선호의 엄마로만 살기로 결심했지만 엄마는 인내심이 약했다. 영주의 엄마 자리도 기껏 남자 때문에 내버렸던 것처럼 지금의 친정 엄마 자리도 언젠가 싫증 낼 게 뻔했다.

진짜 이유가 뭐든 영주는 상관없었다. 잠시 숨을 돌릴 때까지만 친정엄마가 지금 자리에 있어 주길 바랄 뿐이었다.

"이제 내가 필요 없나 봐. 김간을 뺏긴 기분인데."

박원장이 섭섭한 듯 너스레를 떨자 영주가 달랬다.

"아…. 비타민 주사는 앞으로 필요할 때마다 집 근처 병원에서 맞으려고요. 그동안 제 사정 봐주신 건 신세 꼭 갚을 게요."

"그래. 다음에 꼭 술 한잔 사."

영주가 못 본 한 달 사이 정원의 배는 더 불러 있었다. 출산하면 더 이상 병원에 있을 필요가 없으니 정원을 볼 날도 얼마 남지 않았다. 영주는 헤어지기 전 특별한 선물을 하고 싶었고 고민 끝에 정원에게 속삭였다.

"미조, 어때요?"

영주가 준비한 선물은 태어날 아이의 이름이었다.

"아름다울 미에 새 조. 아름다운 새, 미조."

왜 그 이름이 생각났는지 알 수 없었다. 예전에 TV에서 봤던 피아니스트의 이름이었던 듯도 했지만 그건 중요하지 않았다. 놀랍게도 영주의 말이 끝난 뒤 정원의 눈가가 촉촉하게 젖어 있었다. 눈물이었다.

영주는 정원에게 궁금한 게 많지만 물어볼 길이 없었다. 계속 살고 싶은지 아닌지, 아이를 기다리고 있는지 아닌지, 영주의 선물이 마음에 드는지 아닌지….

집으로 돌아온 영주는 텃밭에 나가 있는 친정엄마 옆에 앉았다. 오랫동안 물어보고 싶었지만 두려워서 묻지 못했던 질문을, 오늘은 꼭 하리라 마음먹었다. 정원 덕분에 한 결심이었다. 영주는 타이밍을 기다리며 친정엄마의 정성 어린 손길을 지켜봤다.

텃밭엔 종류별로 팻말이 꽂혀 있었다. 잡초인 줄 알았던 것들도 엄연히 제 이름이 있었다. 나팔꽃, 양지황(洋地黃), 길초근(吉草根), 협죽도(夾竹桃) 같은 동양 이름도 보였고 바질, 민트, 벨라도나 같은 서양 이름도 보였다. 산에서 옮겨 심은 식용 약초, 관상용 화초 등도 뒤섞여 있었는데 일관성이 없는 듯하면서도 묘한 질서가 느껴졌다.

영주는 식물들을 보며 한참 고민하다 입을 열었다.

"선호 말이에요. 그동안 지켜보니 어때요?"

누구에게도 말할 수 없었던 고민이었다. 사실은 선호가 나쁜 사람일까 봐 두렵다고. 그간 선호에게 있었던 일들도 이야기했다. 영주의 솔직한 고백에 친정엄마는 잠시 뜸을 들였다. 그러더니 호미로 화초 줄기 하나를 뽑으며 말했다.

"봄이 와도 자라지 않는 것들이 있단다."

멀쩡해 보인 화초였는데 줄기를 가르니 비어 있었다.

"왜 이런 거예요?"

"진작 죽었는데 땅에 떨어지질 않는 거지. 자기 시체를 거름 삼을 줄 알아야 싹으로 다시 태어날 수 있거든. 근데 그걸 못 하는 거야."

친정엄마는 죽은 줄기를 호미로 다져 땅에 묻었다.

"그래서 내가 대신 죽여 주는 거야. 죽었는데 안 죽은 척하는 것들이 내 눈엔 훤히 보이거든."

영주는 이 집에 처음 왔을 때 가졌던 의문이 약간 풀리는 것 같았다. 사람 손이 닿지 않는 곳에 사는 식물 중 왜 어떤 건 더 번성하고 어떤 건 사라지는지. 이곳 식물들은 자기 몸을 거름 삼은 덕분에 무성해졌던 거구나. 영주는 식물들이 부러워졌다. 사람과 달리 죽어도 계속 다시 태어날 수 있다니.

"…네 아들은 잘 자라고 있잖니. 그러니 너무 걱정하지 말거라."

눈물이 터질 뻔했다. 간절히 듣고 싶었지만 누구도 해

주지 않던 말이다.

'네 아들은 아무 문제 없어.'

영주는 안도감에 가슴이 후련해졌다. 친정엄마는 선호보다 영주의 불면증이 더 걱정되는 듯 덧붙였다.

"잠도 마찬가지야. 오늘 밤에 잘 죽을 줄 알아야 내일 아침에 다시 태어나는 거야."

"고마워요, 엄마."

그 여자를 '엄마'라고 부를 일은 없을 줄 알았는데.

영주는 오랜만에 기분 좋은 꿈을 꿨다. 새가 되어 하늘을 나는 꿈이었다. 꿈에서 영주는 흰기러기였다. 선호를 임신했을 때 팔당댐에서 봤던 새였다. 영주는 흰기러기의 몸으로 추운 툰드라 땅을 떠나 자신과 기온이 맞는 땅을 찾아 수만 킬로미터를 비행 중이었다. 옆에는 회색, 갈색, 검은색 등 다양한 기러기가 V자 대형을 이루며 함께 날아가고 있었다.

영주는 고모의 제안을 떠올렸다. 고모 말대로 집을 사서 셋이 사는 건 어떨까. 아파트 전세금을 빼고 대출도 받으면 이래저래 가능할 것도 같았다.

스스로도 놀라웠다. 친정엄마가 선호를 좋게 봐주는 것만으로 20여 년간의 미움이 눈 녹듯 사라진 건 아니었다.

다만 앞으로 쌓아 갈 시간은 백지로 놓고 볼 수 있었다. 지금처럼 친정엄마 역할을 계속 마음에 들어 한다면 영주가 두 번째 기회를 주고 싶어질지도 몰랐다. 친정엄마가 아닌 영주의 엄마가 될 기회 말이다.

일단 시험을 치고 다시 생각하기로 결론지었지만 모처럼의 기분을 깨고 싶지 않아 상상을 이어 나갔다. 시험에 합격하면 병원엔 어떻게 말하지. 임용된 학교 근처로 이사하는 게 나을까. 어쩌면 다시 글을 쓸 수 있을지도 몰라. 기분 좋은 상상은 매일 밤 이어졌다. 적어도 몇 달간은 평화가 계속될 거라 착각했다. 선호가 겁에 질린 얼굴로 그 말을 하기 전까진.

"엄마도… 나 죽일 거야?"

영주는 선호의 침대 밑에서 낯선 동화책을 발견했다. 영주가 읽어 준 기억은 없으니 친정엄마가 읽어 준 모양이었다.

'노간주나무.'

엄마가 아들을 죽여 수프로 만든다는 엽기적인 내용이었다. 동화작가 지망생이던 시절에 중고 서점에서 힘들게 구했던 기억이 있었다. 그림형제 민담집에 실린 동화이자 백설공주 이야기의 원형이기도 하나 잔혹하단 이유로 절판

된 책. 영주가 좋아하는 이야기는 아니었다. 진작 버린 줄 알았는데 이삿짐에 섞여 있었나.

"선호야, 여기 나오는 마녀는 계모잖아. 가짜 엄마."

영주는 바지를 살짝 내려 제왕절개 자국을 보여 주며 선호를 진정시켰다. 책에 나오는 건 가짜 엄마지만 엄마는 진짜 엄마라고. 마녀가 아니라고.

그렇게 선호를 달랬지만 영 찜찜했다. 친정엄마는 수많은 동화책 가운데 왜 하필 이걸 읽어 준 걸까. 잠시 고민한 끝에 몰래 동화책을 버렸다. 이유는 간단했다. 선호에겐 아무런 문제가 없으니까. 그 말이 사실이 되려면 그렇게 말한 친정엄마에게도 아무런 문제가 없어야 했다. 이삿짐에 섞여 있던 동화책을 읽어 준 게 대수라고. 영주는 금방 원래의 일상을 이어 나갔다.

그리고 며칠 뒤부터 진짜 악몽이 시작되었다.

9

쿵쿵.

옆집에서 나는 소리였다. 영주가 시계를 보니 이른 새벽이었다. 뭘 하길래 이렇게 시끄럽지. 관리실에 연락할까 고민하다 눈을 번쩍 떴다.

'그런데… 옆집이 없잖아.'

이사한 지 한 달이 넘었는데도 순간 헷갈렸다. 물론 이 집에도 옆집이 있다. 여섯 살 소연이네 가족이 살고 있는 옆 건물. 두 집 사이의 거리는 몇 미터나 된다. 그러니 거기서 들리는 소리는 아닐 테고 영주의 옆방도 비어 있으니 이렇게 시끄러울 리가 없었다. 영주는 잘못 들었겠거니 싶어 다시 잠을 청했다.

쿵쿵.

또다시 소리가 들렸다. 8월인데도 온몸에 소름이 끼쳤다. 분명 옆방이다. 내 집에서 낯선 소리가 들린다고 생각하자 더 무서웠다. 도대체 뭘까. 몇 시간 전에 선호와 친정엄마 둘 다 각자 방에서 곯아떨어진 걸 확인했었는데.

혹시 손님이 온 걸까. 그러고 보니 인테리어 업자인 송 사장은 며칠간 고생하고도 돈을 받지 않았었다. 큰 수리가 아니라서 넘어갔겠거니 싶었는데 친정엄마와 특별한 사이일 수도 있겠다는 의구심이 들었다. 아무리 그래도 한밤중 손자가 있는 집에 남자를 들였을까. 설사 그렇더라도 자기 방을 놔두고 굳이 옆방에? 영주의 불안감이 점점 커졌다. 손님이 아닐지도…?

예전에 살던 아파트에서 자신을 훔쳐보던 두 눈이 떠올랐다. 한동안 영주는 이웃을 마주칠 때마다 눈을 쳐다보지 않았다. 무서워서가 아니라 시간이 없어서였다. 선호 때문에 잠잘 여유도 없는데 진실을 알아봤자 해결할 시간이 없으니 그냥 덮자 싶었다.

지금은 달랐다. 해결할 시간이 충분했다. 영주는 책상에 있던 커터칼을 챙긴 뒤 조심스레 복도로 나갔다.

옆방 앞에 낡은 자물쇠가 떨어져 있었다.

원래는 잠겨 있는 방이었다. 친정엄마가 열어 둔 걸까도 잠깐 생각했지만 그럴 리는 없었다. 이 방에서 쥐가 나온 적이 있으니 절대 문을 열지 말라며 이사 첫날부터 신신당부했으니. 유난히 볕이 들지 않는 방이라 그럴 법도 했기에 영주도 궁금해하지 않았다. 그런데 방금은 쥐가 낸 소리라기엔 꽤 둔탁했다. 꼭 사람이 두드린 소리처럼. 영주가 방문에 조심스레 귀를 대보려던 참이었다.

삐걱.

기다렸다는 듯이 옆방 문이 저절로 열렸다. 영주는 문 옆에 비켜선 채 커터칼을 꼭 쥐었다. 방 안쪽은 예상과 달리 조용했다. 문 틈새로 시커먼 그림자만 보일 뿐 누가 있는지도 알 수 없었다. 영주는 이 집에 처음 왔을 때 마주쳤던 거대한 암흑을 떠올렸다. 그때도 무서웠지만 막상 확인하니 별거 없지 않았나. 옆방에 아무도 없다는 걸 확인해야 잠이 올 것 같아 용기를 냈다. 영주가 힘을 줘 문을 밀기 직전이었다.

어디선가 기괴한 소리가 들려왔다. 새소리도 아니고, 말도 아니고, 노래도 아니면서 그 전부인 것 같기도 한 기묘한 소리. 그 소리를 듣자마자 또다시 잠이 쏟아졌다. 이 집에 처음 왔을 때와 똑같은 상황이었다. 잠이 부족하던 그때와 달리 지금은 꽤 버틸 만했다. 영주는 쓰러질 듯 비틀거리면서도 소리가 들리는 쪽으로 향했다.

계단 앞이었다. 어둠 속에서 누군가 일 층 쪽을 바라보며 바닥에 앉아 있었다. 뒷모습이었지만 옷차림을 보니 친정엄마임을 알 수 있었다. 이 시간에 왜 여기에 있는 거지? 영주가 마침 뒤를 돌아본 친정엄마와 눈이 마주치자마자 기괴한 소리가 뚝 멈추었다. 친정엄마는 혼자가 아니었다. 가만 보니 선호가 친정엄마의 무릎을 베고 누워 있었다. 영주는 이해가 가지 않았다.

"이 시간에 무슨…."

영주가 말을 마치기도 전에 친정엄마가 선호 귀에 대고 뭐라 속삭였다. 그러자 선호가 부스스 깨어나 계단 앞에 섰다. 최면에 걸린 사람처럼 눈이 텅 비어 있었다. 친정엄마는 선호 뒤에 서서 다정하게 어깨를 감쌌다. 어디서 봤던 장면 같은데. 그 순간, 영주는 친정엄마가 뭘 하려는지 알았다.

"안 돼!"

당장 뛰어가려고 했는데 이상하게 몸이 따라 주지 않았다. 영주의 두 다리는 땅에 박힌 나무뿌리처럼 마룻바닥에 붙어 버렸고 눈꺼풀은 천근처럼 무거웠다. 깨어 있는 채로 가위에 눌린 기분이었다.

그러다 마침내 우려하던 상황이 벌어졌다. 친정엄마는 선호의 어깨를 감싼 손에 힘을 실었다. 아이의 몸은 맥없이 균형을 잃고 계단 아래로 기울었다. 그 짧은 순간에 영주는 일 층 바닥에 튀어나온 못이 보였다. 저기로 떨어지면 선호가 크게 다칠 텐데. 영주는 계단 아래로 추락하는 선호에게로 손을 뻗었지만 이미 늦었다.

쿵!

선호가 추락하던 순간, 그 여자는 웃고 있었다. 그 입은 오래된 피로 시커멓게 물들어 있었다.

아침을 알리는 새소리가 들렸다. 영주는 침대에서 벌떡 일어나 선호 방으로 달려갔다.

선호가 사라졌다. 이불 안에도, 옷장 안에도, 이 층 화장실에도 없었다. 영주는 불안한 마음을 안고 옆방으로 달려갔다. 어젯밤과 달리 자물쇠가 멀쩡히 달려 있었다. 분명히 부서졌었는데…. 그때 아래층에서 반가운 목소리가 들렸다.

"엄마, 밥 먹으래!"

영주는 부엌에 있던 선호를 보자마자 부둥켜안고 눈물을 흘렸다. 다행이다. 멀쩡해서 다행이야. 국을 뜨던 친정엄마가 안쓰럽다는 듯 영주를 바라봤다.

"선호야, 엄마가 무서운 꿈을 꿨나 보다."

"엄마, 무슨 꿈 꿨어? 귀신? 용? 말만 해. 선호가 다 무찔러 줄 테니까."

선호는 생일선물로 받았던 게임기로 플레이 영상을 보여 주었다. 'NEW 프린세스 인 더 캐슬'이라는 게임이었다. 고전 게임을 리메이크했다는데 주인공이 최종 보스인 용을 무찌르고 성에 갇힌 공주를 구하는 전형적인 엔딩이었다. 영주는 그제야 현실 속 선호 엄마로 돌아왔다.

"우리 선호 대단한걸. 어떻게 끝까지 깬 거야?"

"그냥 많이 죽으면 돼."

"응?"

"죽을 때마다 왜 죽었는지 기억했다가 다시 시작하면 다 깰 수 있어."

영주는 비로소 안도감이 들었다. 어젯밤 꿈도 이 게임처럼 허구일 뿐이다. 다만 지나치게 생생해서 현실로 착각할 수 있는 VR 게임이라고 해야 할까. 평소에도 영주는 계단이나 높은 곳에서 떨어지는 꿈을 자주 꾸곤 했다. 이 집에 온 뒤 그 대상이 선호로 바뀌었을 뿐.

"그래, 다음에는 선호가 엄마 대신에 용 무찔러 줘."

"네 엄마는 할머니가 지킬 테니까 우리 선호는 걱정하지 말고 밥부터 먹어요."

식탁에는 윤기 나는 밥에 소불고기, 그리고 제주도식 보말 미역국이 가지런히 놓여 있었다. 영주가 앉자 친정엄마가 다정하게 웃었다. 그 입은 꿈처럼 시커멓지도, 처음 만났을 때처럼 시뻘겋지도 않았다. 영주는 소란 피운 게 부끄러워 조용히 밥을 먹었다. 딸의 퀭한 얼굴을 보고 친정엄마가 작은 갈색 병 하나를 가져왔다.

"몸 허한 거 보니 안 되겠다."

입구를 봉지로 막아 빵 끈으로 동여맨 걸 보니 직접 만든 모양이었다. 친정엄마는 물 한 잔을 따르곤 병에 든 액체를 한 방울 떨어뜨려 숟가락으로 휘휘 저었다.

"그게 뭐예요?"

"나쁜 꿈 쫓는 약."

"네?"

"불면증에 좋은 약이야. 쭉 마셔."

영주는 친정엄마가 주는 잔을 들이켰다. 약간 시큼한

맛이 났지만 거북하진 않았다. 다시 밥을 먹으려는데 영주의 얼굴이 구겨진 종이처럼 천천히 일그러지기 시작했다.

"그 약이 처음에는 좀 부대낄 수 있어. 괜찮니?"

친정엄마의 말에도 대답이 없었다. 영주의 시선 끝에는 선호가 있었다.

"선, 선호야!"

영주가 돌연 선호에게 달려가 선호의 왼팔 소매를 걷었다. 왼쪽 팔꿈치 아래 상처가 드러났다. 예리한 못에 긁힌 것처럼 2센티 정도의 살이 벌어져 있었다. 꽤 시간이 지난 듯 피가 시커멓게 굳어 있었다. 영주는 벌떡 일어나 계단으로 달려갔다. 과연 꿈에서 본 것처럼 못 하나가 튀어나와 있었다.

이 모든 건 하나의 상황을 가리키고 있었다.

친정엄마가 내 아들을 계단에서 밀었을지도 모른다.

10

처음에 서형사는 SNS에 떠도는 도시 괴담을 떠올렸다.

'용산역에서 자정쯤 택시 N빵 합승하자고 다가오는 아줌마 조심하세요. 기사랑 짜고 인신매매한대요.'

'사당역 앞 어떤 할머니가 짐 들어 달라고 하면 무시하세요. 봉고차에 태워서 장기매매 ㄱㄱ.'

대부분 루머였지만 몇몇은 실제 범죄자들의 수법이었다. 나이 든 여자가 강력범죄에서 유인책으로 이용되는 이유는 간단했다. 그들은 성인 남성이나 젊은 여성에 비해 목표에 쉽게 접근했다. 피해자들은 이들이 자신에게 악의를 가졌을 거라곤 생각하지 못하고 유인되어 그대로 범죄 대상이 되었다.

한편으로는 실제보다 부풀려져 SNS로 퍼지는 경향도 있었다. 이런 루머 때문인지 택시 합승이나 노인 짐 들어 주기 같은, 예전 같으면 평범한 선의도 찾아보기가 힘들었다.

형사들은 일할 때 난항을 겪기도 했다. 몇 년 전만 해도 목격한 사건을 먼저 제보하는 사람들이 꽤 있었는데 요즘엔 자신에게 불똥이 튈까 봐 물어도 입을 열지 않았다. 누군가를 돕고, 도움을 요청하는 일이 점점 어려워지는 분위기였다. 그야말로 어떤 일이 닥쳐도 혼자 살아남아야 하는 세상. 이런 세상에서 여자 혼자 아이까지 키운다는 건 어떤 삶일까.

"동네 목욕탕에서 처음 만났어요, 그 이모."

미곡 사건의 범인은 처음 봤을 때와 달리 삭발 상태였다. 죄목을 들은 구치소의 한 수감자가 다짜고짜 머리끄덩이를 잡았고, 그 김에 아예 밀어 버렸다고 했다. 범죄자 무리 안에서도 최악의 범죄자로 낙인찍힌 대가였다.

"그 이모, 정식 무당은 아니어도 신기가 있었어요."

"신기요?"

"제가 임신한 것도 바로 알아봤거든요. 그땐 3주 차라 저도 몰랐는데."

"그걸 어떻게 알죠?"

"형사님도 가서 궁금한 거 물어보세요. 뭐든 다 맞추거든요."

성목 목욕탕. 지도 어플에도 없는 걸 봐서는 동네 노인들이 가는 작고 오래된 곳 같았다. 서형사는 손님인 척 카운터에 슬쩍 물었다.

"사장님, 여기 피부 미용하던 아주머니 어디 갔어요?"

"그만뒀어요."

"왜 그만뒀는지 아세요?"

서형사의 질문에 주인이 심드렁하게 대답했다.

"나도 모르지. 근데 경찰이에요? 왜 자꾸 꼬치꼬치 캐물어요."

"언니도 참. 제가 어딜 봐서 경찰로 보이나요."

서형사는 너스레를 떨며 여탕으로 들어갔다. 이런 말투는 '서윤성'이 아니라 '서희수'의 것이었다. 신분을 숨겨야 할 때마다 개명 전의 이름을 사용했는데 지금처럼 가명을 밝힐 필요가 없을 때도 스스로를 서윤성이 아닌 서희수라고 여겼다. 그럼 자연스레 목소리와 태도도 바뀌곤 했으니

위장할 때 도움이 되었다. 굳이 따지자면 여성스럽게 바뀐다고 할까.

주인이 청소하러 탕에 들어가자 서형사는 기다렸다는 듯 목욕탕 구석의 작은 방으로 향했다. 낡은 미닫이문에는 작게 '성목 살롱'이라는 팻말이 달려 있었다. 문을 열자 한 명이 겨우 누울 정도의 작은 방이 나왔다. 특별한 건 없었다.

가장 먼저 손님용 이부자리가 보였다. 몇 안 되는 피부 관리 기기에는 먼지가 쌓여 있었고 선반에는 속이 빈 판매용 화장품 케이스들이 보였다. 그 옆에는 수기로 쓴 안내판이 있었는데 벽에 붙이진 않은 걸 보니 손님이 오면 따로 보여 주는 듯했다.

메뉴는 다양했다. 피부 마사지와 쥐젖 제거, 쑥 좌훈, 눈썹 문신, 각종 수제 건강 음료 판매. 여기에 사혈침과 부황까지. 에스테틱과 의료 영역이 마구잡이로 섞여 있었다. 불법 사혈 요법은 신고 대상이지만 이처럼 암암리에 하는 곳은 여전히 많았다.

다음으로 서형사의 눈길을 끈 건 작은 서랍장이었다. 뭔가 있을 것 같다는 촉이 왔는데 막상 열어 보니 쌀이 담긴 작은 항아리만 있었다. 성주 단지라고 했던가. 집을 수호하는 신을 위한 물건인데 80대 이상 노인들의 집에서 종종 본 적이 있었다. 쉽게 말해 일종의 미신이었다. 50대 후반이라더니 취향이 꽤 올드하군. 실망한 서형사가 서랍장 문을 닫으려는데 단지 뒤로 익숙한 물건이 보였다. 갈색 병 두어 개. 촉이 맞았다! 미곡 사건의 범인이 준 병은 증거품 보관실로 넘어간 상태라 손댈 수 없으니 대신 이걸 가져다 민간업체에 맡겨 분석하면 뭔가 나올지도 몰랐다. 속으로 쾌재를 부르며 병뚜껑을 열어 보려는데 누군가 벌컥 문을 열었다.

"자기도 늦었어. 나도 내 순서 오기 전에 그만둘 줄 몰랐잖아."

위아래로 레이스가 잔뜩 달린 화려한 속옷을 입은 세신사였다. 갓 쉰이 넘었을까. 막 탕에서 나온 듯 땀으로 온몸이 흠뻑 젖어 있었지만 나이보다 활력 있어 보였다. 서형사는 재빨리 병 하나를 주머니에 챙긴 다음 통화하러 들어온 척 황급히 방을 나왔다. 세신사는 별 의심 없이 다시 말을 걸었다.

"새댁은 뭐가 문제야. 임신? 아니면 벌써 남편이 사고 쳤어?"

"예? 그게 무슨…."

"알고 온 거 아니었어?"

한 시간 뒤. 서형사는 목욕탕 앞에 있는 카페에서 제일 비싼 음료를 샀다. 세신사는 목욕탕 안에서와 달리 수수한 옷차림이었다.

"새댁인 줄 알았더니 형사님이라니."

성목 살롱의 이름을 따 '성목 이모'라고 불리던 그 여자는 뭐든 잘 고치는 걸로 동네에서 꽤 유명하다고 했다. 처음에는 성목 살롱에서 쑥 좌훈을 하고 임신에 성공했다는 후기가 퍼져 난임 카페에서 우르르 몰려왔다. 불면증, 소화불량 등 일상 질병부터 남편이 바람난 것까지 고친다는 소문이 퍼져 대기표를 뽑고 기다려야 할 정도였다고.

서형사는 의아했다. 난임 치료에 좌훈이 효과가 있다는 건 신뢰가 가는 말이지만 남편이 바람이 난 건 무엇으로 어떻게 고친단 말인가. 하지만 입소문이 퍼졌다는 건 실제 효과를 봤다고 착각한 손님이 다른 손님을 데려왔다는 의미였다.

최근 학원가에서 집중력 강화에 좋다며 마약을 탄 음료를 나눠 준 사례가 있었다. 초반에는 효과를 봤다며 급속히 소문이 퍼졌다가 뒤늦게 피해자들이 속출했다. 부모에게 당신 아이가 마약을 투여한 사실을 폭로하겠다며 돈을 뜯어내거나 마약에 중독된 아이들에게 같은 음료를 계속 파는 수법이었다. 성목 이모에게도 사람을 홀리는 매개체가 있는지 몰랐다. 이를테면 갈색 병에 든 약이라든지.

"무슨 약을 쓰길래 사람들이 몰려드는 걸까요?"

서형사가 약에 대해 슬쩍 떠보자 세신사는 손사래를 쳤다. 자기가 지켜본 결과 약보다는 화술 때문 같다고.

"다들 여기 올 때는 죽상으로 왔다가 그 이모가 뭐라고 몇 마디 속삭이기만 하면 얼굴이 훤해져서 돌아가."

"뭐라고 하는데요?"

"몰라. 사람마다 다르겠지. 사실은 나도 고민 상담한 적이 있거든."

세신사는 자신이 수많은 점집을 가 봤지만 성목 이모가 제일 용했다면서 무용담을 전하듯 말했다.

"딱 한마디만 하더라고. 근데 그 이모 말대로 했더니 손님이 확 늘었잖아."

세신사의 말에 따르면 자신은 원래 검은색이나 회색 같은 무채색 속옷을 입고 일했단다. 그런데 성목 이모가 화려하고 튀는 속옷을 입으라고 해서 바꿨더니 갑자기 손님이 늘었다는 거다. 그뿐만이 아니었다. 몇십 년 만에 애정 사업도 재개되고 인생이 잘 풀리기 시작했다고.

"근데 남 잘되게 하는 방법을 알면 반대도 알겠지. 원래 이 자리에서 마사지하던 아줌마가 암에 걸린 게 그 여자 때문이라는 소문이 있어. 덕분에 여기 자리도 꿰찬 거고."

서형사는 미곡 사건의 범인이 한 말이 떠올랐다. 일반인들이 말하는 소위 '신기가 있는 사람'은 서형사가 봤을 땐 대개 사기꾼이었다. 성목 이모라는 사람도 목사나 종교 단체 출신 사기꾼들과 비슷한 양상을 보였다. 일단 화려한 화술로 사람의 마음을 산 뒤에 술, 마약, 여자 등 물불 가리지 않고 동원해 상대의 판단력을 흐리게 하는 것. 그들의 흔한 수법이었다.

서형사는 세신사와 헤어지자마자 몰래 챙겨 온 갈색 병을 열어 봤지만 아쉽게도 빈 병이었다.

"어떡한담…."

서형사는 세신사와의 마지막 대화를 떠올렸다.

"그런데 왜 그만둔 건지 아세요?"

"딸네 아들 돌본다고 하던데. 파주에서."

11

"죄송하지만 먼저 진료를 볼 순 없을까요. 저희 애가 많이 다쳐서요."

동네 소아과는 진료 시작 전인데도 이미 줄이 길었다. 영주는 급한 마음에 양해를 구해 봤지만 아무도 양보하지 않았다. 영주가 보기엔 선호가 가장 위급해 보였음에도 다들 자기 애가 먼저였다. 원망스러웠다. 대상이 누군지는 몰랐다. 누구도 영주에게 아이를 낳으라고 강요하지 않았지만 모두가 원망스러웠다. 왜 아무도 나에게 이런 일이 벌어질 거라고 알려 주지 않았을까.

선호의 상처는 점점 심각해지고 있었다. 오늘 반나절을 넘기면 감염 위험도 있을 것 같았다. 영주는 선호를 박원장에게 데려갔다. 직장에 애를 데려온 게 눈치는 보였지만 어쩔 수 없었다. 선호는 다섯 바늘이나 꿰매고 파상풍 주사도 맞았다. 박원장은 보답하겠다는 영주에게 비타민 주사나 맞으러 오라며 속삭이듯 대꾸했다. 그래도 영주의 안색이 나아지지 않자 덧붙였다.

"걱정하지 마. 선호 나이에 이런 상처는 흔한 거 알잖아."

그 말을 듣고도 영주는 찝찝했다. 언제 어떻게 다쳤냐는 질문에 넘어졌다고만 할 뿐 선호는 구체적으로 대답하지 않았다. 부쩍 친정엄마의 눈치를 보는 것 같기도 했다. 영주는 간밤의 꿈이 여전히 생생했기에 집에 돌아와서도 친정엄마의 눈을 피했다.

친정엄마가 먼저 영주의 방문을 두드렸다. 친정엄마는 영주를 데리고 마당 근처로 가 개구멍을 보여 주었다. 선호 또래의 어린아이나 겨우 통과할 정도로 작은 구멍이었다. 근처에는 날카로운 철조망이 뻗쳐 있었다.

선호는 옆집으로 가는 지름길로 이 구멍을 이용하다 몇

차례 혼났다고 했다. 철조망이 위험하니 다니지 말라고 타일렀는데도 할머니의 말을 어겼고, 어제 우려하던 대로 철조망에 찔리고 말았다. 선호는 할머니에게 혼이 날까 봐 온종일 상처를 숨기다가 영주에게 먼저 들켰다. 친정엄마도 그때야 선호가 다친 걸 알게 되었다고 했다. 안도한 영주는 자신도 모르게 내뱉었다.

"정말 다행이에요."

그러자 친정엄마가 되물었다.

"다행이라니…. 선호가 다친 거 말이니?"

"아니…. 제 말은 이제라도 알게 되어서 다행이라고요. 늦었으면 감염되었을지도 모르잖아요."

말은 진심이었지만 이유는 달랐다. 영주는 간밤의 악몽이 꿈이라는 사실에 안도했다. 친정엄마가 내 아들을 해칠지도 모른다는 의심에 비하면 나머진 큰 걱정도 아니었다. 영주는 나무판자로 개구멍을 막은 뒤 선호에게 앞으로 거짓말하지 않겠다는 다짐을 받았다. 아이들은 재생력이 좋으니 선호의 상처도 금방 나을 것이다. 그걸로 일단락되었지만 이번에는 친정엄마가 의기소침해졌다.

"미안하다. 내가 잘 봤어야 했는데…."

영주는 그제야 자신이 유난을 떨었나 싶었다.

"괜찮아요. 원래 다치면서 크는 거죠, 뭐."

시선을 돌리던 영주 눈에 마당의 나무가 들어왔다. 불현듯 예전의 기억 한 조각이 떠올랐다.

"맞다, 저도 어릴 때 엄마 말 안 듣고 저 나무에 올라갔다가 떨어진 적 있잖아요. 그때…."

"그런 적 없어."

친정엄마가 정색하며 영주의 말을 끊었다. 어찌나 단호한지 영주 스스로도 헷갈렸다.

"아니…. 일곱 살 때였나. 나무에 올라갔다가 떨어졌던 거 같은데…."

친정엄마는 다시금 고개를 세차게 저었다.

"꿈이었겠지."

"이상하네요. 그럼 그 기억은…."

방금까지 자신에게 미안해하던 친정엄마가 언성을 높였다.

"넌 애도 아니고 아직도 그게 헷갈리니?"

순간 영주의 얼굴이 수치심으로 확 달아올랐다. 영주는 도망치듯 방으로 뛰어가면서 자신에게 진절머리가 났다. 또 헷갈리고 말았다. 뭐가 꿈인지 현실인지, 꿈이라면 내 꿈인지 남의 꿈인지, 어디서부터 어디까지가 나인 건지.

"영주 너, 바운더리에 문제가 좀 있는 것 같아."

보건 선생님에게 들었던 말이다.

고등학교 1학년 수학여행 때였다. 반장이 1리터짜리 음료수병에 몰래 소주를 채워서 왔다. 성인이 되고 싶어 안달이 난 아이들은 밤이 되자 어른 흉내를 내며 종이컵에 술을 나눠 마셨다. 어떤 아이들은 술인지도 모르고 받아 마셨다. 영주도 그중 하나였다. 긴장감이 풀리자 영주는 말이 많아졌다. 친구들은 평소 조용하던 영주가 다른 사람이 된 게 재밌어서 자꾸만 술을 먹였다. 신나게 웃고 떠들던 영주는 돌연 서럽게 울었다. 며칠 전 강아지 '별이'가 죽었다면서.

문제는 영주가 개를 키우지 않는다는 사실이었다. 한참 영주의 이야기를 듣던 반장이 자리에서 벌떡 일어나 나가 버렸다. 별이는 반장이 키우던 강아지였다.

수학여행 이후 다들 영주를 슬슬 피하기 시작했다. 누구에게도 변명하지 않던 영주가 반장에게는 사실을 털어놓았다. 얼마 전 반장이 양호실에서 보건 선생님에게 한 이야기를 우연히 들었다고. 들으면서도 너무 슬펐는데 술을 마시니 그게 꼭 영주 자신이 겪은 일처럼 느껴져서 착각했다고 말이다.

"웃기지 마. 너, 애들한테 관심받고 싶어서 그랬잖아."

"아니, 취해서 실수한 거야. 미안해."

"말도 안 돼. 아무리 취해도 어떻게 겪지도 않은 일을 겪었다고 착각해?"

"…너무 생생하게 느껴졌으니까."

"증명해 봐."

영주는 어떻게든 오해를 풀고 싶었다. 반장 이야기를 들으며 상상했던 별이와의 이별 장면을 떠올렸다. 고통스럽던 마지막 숨을 직접 목격한 듯 흉내 냈다. 그걸 본 반장의 표정이 더 끔찍하게 일그러졌다.

"씨발! 소름 끼치니까 앞으로 아는 척하지 마!"

그 뒤로 고등학교를 졸업할 때까지 영주는 미친년으로 불렸다. 같은 학교에 다니던 사촌도 영주를 모른 척했다. 자초지종을 알게 된 보건 선생님만이 영주의 말을 믿어 주었다.

"그럴 수 있어. 경계가 약하니까 타인의 경험도 내 경험처럼 느껴지는 거지."

사실 영주는 잘 때만 꿈을 꾸는 게 아니었다. 깨어 있는 중에도 꿈을 꾸듯 타인의 일을 자기 일처럼 경험했다. 그건 남의 꿈을 대신 꾸는 것보다 더 큰 비밀이었다. 보건 선생님은 정신과 상담을 권했으나 용기가 나지 않았다. 자연히 영주의 말수는 줄었고 몸에는 상처가 늘었다. 고모네 가족과 병원 사람들, 그리고 한 이불을 덮었던 현진에게만 해도 적당히 숨길 수 있었다. 하지만 24시간 붙어 있는 존재에겐 숨기기 힘들었다.

선호는 영주의 비밀을 알고 있었다. 1년 전에는 선호가 높은 곳에서 떨어지는 꿈을 꿨다며 울 때마다 영주는 크려고 꾸는 꿈이라며 선호를 달랬었다. 그러다 선호의 머리가 굵어지면서 상황이 역전되었다. 이제는 영주가 꿈에서 덜 깨 혼란스러워할 때마다 선호가 영주를 달랬다. 선호는 영주가 했던 말을 그대로 돌려줬다.

"다 크려고 꾸는 꿈이래."

그 말이 맞다면 자신은 얼마나 더 커야 하는 걸까. 영주는 서른여섯이 되도록 꿈과 현실을 분간하지 못하고 친정엄마를 의심했던 자신이 혐오스러웠다. 앞으로 또 이런 의심을 하지 않으려면 방법은 하나다. 꿈의 진짜 주인을 찾아야 한다. 그러면 악몽이 멈춘다는 걸 영주는 경험으로 체득했다. 분만실에서 꿨던 다지증 아이 꿈 주인이 그 아이의 엄마인 걸 알아챈 뒤 악몽이 멈췄던 것처럼.

영주는 이곳이 배경인 두 가지 꿈을 떠올렸다. 선호 또

래의 아이가 마당에 있는 나무에서 떨어지는 꿈과 누군가 이 층 계단에서 그 아이를 밀치는 꿈. 이 꿈의 진짜 주인이 누구인지는 모르겠지만 가까이 있는 건 분명했다.

영주는 먼저 옆집을 찾아갔다. 선호와 자주 어울리는 소연이의 엄마가 친절하게 영주를 맞았다.

"혹시 제가 사는 집에 32년쯤 전에 누가 살았는지 아세요?"

"저도 잘 모르겠네요. 몇 년 전에 이사 와서…."

궁리 끝에 영주가 집 등본을 떼 보니 최초 명의자로 한 남자의 이름이 나왔다. 부동산에서도 오래전 일이라 잘 모르겠다고 했지만 영주는 일단 안도했다. 이렇게 큰 집에 남자 혼자 살진 않았겠지. 남자의 나이를 보니 가정을 이루고 아이도 있을 듯했다. 그렇다면 한때 이 집에 살았던 아이가 꿈의 주인이지 않을까. 그리고 아이가 떨어진 노간주나무도 원래부터 마당에 있었다고 하니 말이 되었다.

한 가지. 영주는 그 아이를 몰랐다. 이제까지 모르는 사람의 꿈을 꾼 적은 없었는데. 친하지 않더라도 몇 번 대화를 나눠 본 사람들이 전부였다. 희박하지만 이런 가능성도 있었다. 영주가 이 집에서 산 건 네 살 때부터였으니 자신도 모르는 사이 그 아이를 마주쳤을지도? 여기까지 생각이 미치자 영주는 번쩍 정신이 들었다.

'진짜 정신과에 가 봐야 하는 건가?'

몇 번을 생각해도 이렇게까지 하는 자신이 가장 이상했다. 이사한 지 세 달이 채 안 되었으니 집이 낯설어서 악몽 정도는 꿀 수 있다. 그렇다고 영주 모자를 위해 밤낮으로 애쓰는 친정엄마를 아동학대범으로 의심하고 전 집주인 뒷조사까지 하다니. 꿈의 진짜 주인을 찾는 건 또 어떤가. 보건 선생님의 말대로 문제가 있는 건 영주인지도 몰랐다.

영주는 의심을 거두기로 했다. 친정엄마가 주는 불면증 약을 꼬박꼬박 챙겨 먹으며 11월에 있을 시험에만 매진했다. 상황도 전보다 나아졌다. 소연 엄마가 알아봐 준 덕에 학기 중간임에도 선호는 유치원에 다닐 수 있게 되었다. 온종일 선호를 봐야 했던 친정엄마의 고생도 덜었다. 모든 게 제자리를 찾은 듯 보였다.

그러나 한번 시작된 의심은 절대 사라지지 않는다는 사실을 그땐 몰랐다.

12

늦은 밤 화장실에 가려던 영주는 눈을 의심했다.

'내가 잘못 봤나?'

그날처럼 옆방 자물쇠가 바닥에 떨어져 있었다. 영주는 정신을 차리려고 재차 눈을 비볐다. 다시 보니 문도 살짝 열려 있었다. 전부가 그날과 똑같았다. 또 꿈을 꾸고 있는 건가. 방금까지 문제집을 풀다가 나왔는데. 영주는 팔을 꼬집어 보려다 마음을 고쳐먹었다. 생각의 전환이 필요했다.

'꿈이든 아니든 중요하지 않아.'

그걸 분간하느라 허비한 시간은 이미 충분했다. 선호를 위해서라도 지금은 공부에 집중할 때였다. 영주는 옆방에 관심을 거두고 화장실 쪽으로 향했다. 그때였다. 바닥 쪽에서 뱀이 기어가는 듯한 소리가 들려왔다.

스스슥.

영주는 너무 놀라 못 본 척 고개를 돌렸다. 방금 옆방 문 밑으로 손가락이 지나갔다. 그것도 여섯 개의 손가락이!

영주는 숨죽인 채 뒷걸음질 쳤다. 조심스레 한 걸음 한 걸음. 여섯 개의 손가락에게 들키지 않으려는 듯 아주 천천히. 방 앞에 도착했을 땐 벌써 식은땀으로 온몸이 흠뻑 젖었다. 그렇게 방으로 도망치기 직전, 곁눈질로 보니 손가락은 이미 사라졌다. 그런데 문 밑에 무언가 떨어져 있었다.

편지였다.

영주는 멈칫했다. 편지엔 뭐가 적혀 있을까. 지금까지의 두려움은 사라지고 호기심이 일었다.

떨어진 자물쇠, 열린 문.

지난 꿈에서 한 번 봤던 광경이라 덜 무서운가. 영주는 지금이 꿈이 아니라 꼭 게임 같다는 생각이 들었다. 게임은 죽기 전 마지막으로 저장한 곳에서 다시 시작할 수 있다고 하던데. 그렇게 치면 지난 꿈에서 깨어난 시점부터 다시 시작해 오늘 여섯 개의 손가락과 편지까지 도착한 셈이다.

이 게임의 끝은 어디일까. 무슨 비밀이 숨어 있는 걸까. 게임이라고 생각하니까 용기가 생겼다. 영주는 다시 옆방으로 가 편지를 집어 들었다. 조심스레 봉투를 열자 노란색 편지지가 나왔다. 편지지를 펼치려는 순간이었다. 또다시 정체불명의 기괴한 소리가 들려왔다. 매번 영주를 순식간에 잠들게 했던 소리였다.

재빨리 귀를 막았다. 덕분에 그때처럼 잠에 취해 쓰러지는 건 막을 수 있었다. 역시 이 게임에는 어떤 법칙이 있다. 영주는 귀를 막은 채 소리가 들려오는 아래층으로 달려갔다. 근원지에 가까워질수록 정체불명의 소리는 한결 명확해졌다. 기괴한 소리의 정체는 자장가였다. 자장가는 안방 앞에서 뚝 끊겼다.

벌써 세 번째였다. 자장가가 들릴 때마다 졸음이 쏟아졌고, 가위에 눌린 듯 몸을 움직일 수 없었다. 영주는 자장가를 없애야 이 악몽 같은 게임에서 탈출할 수 있음을 깨달았다.

안방 문은 열려 있었다. 영주가 들어가자 어슴푸레 가구들이 보였다. 돌침대, 오래된 자개장, 좌식 화장대 등 특별한 건 없었다. 방의 주인인 친정엄마는 이 밤에 어딜 간

것일까. 영주는 아무도 없는 방을 나가려다가 혹시나 하고 마당과 연결된 테라스로 향했다.

테라스 바닥에 웬 짚더미가 있었다. 그리고 짚더미 위에 누군가 이불을 뒤집어쓰고 앉아 있었다. 옆에 곱게 벗어놓은 슬리퍼는 친정엄마의 것이었다. 안에서 뭘 하는지 이불이 규칙적으로 들썩거렸다.

등골이 서늘했다. 아까 여섯 손가락을 본 것보다 지금이 훨씬 더 무서웠다.

"엄…마…?"

자신이 온 걸 알았을 텐데 친정엄마는 이불 밖으로 나오지 않았다. 영주는 떨리는 손으로 조심스레 이불을 들추었다.

싹둑싹둑!

그 여자는 긴 웨이브 머리에 앞치마를 입고 있었다. 20년 전과 같았다. 다른 점은 발작하듯 가위질을 하고 있다는 것. 녹슨 가위를 움직일 때마다 짚더미 위에 붉은 선혈이 튀었다. 어떤 짐승의 창자였다. 그런데 아무리 가위질을 해도 잘리지 않았다. 창자가 너무 질긴 모양이었다. 영주가 꿈에서 봤던 육손 아이의 탯줄처럼.

"윽!"

영주는 구역질이 나는 듯 입을 틀어막았다. 그대로 뒷걸음질 치려는데 발 뒤에 뭔가 걸리적거렸다. 대나무를 엮어 만든 옛날 아기 요람이었다.

요람 안에는 선호와 같은 옷을 입은 지푸라기 인형이 있었다. 인형의 왼쪽 팔은 싹둑 잘려져 있었다.

영주는 퀭한 얼굴로 깨어났다. 친정엄마는 아침부터 계단 손잡이를 수리하고 있었다. 할머니가 망치로 튀어나온 못을 박을 때마다 선호는 멋있다며 연신 손뼉을 쳤다. 팔엔 여전히 붕대가 감겨 있었지만 움직임은 많이 나아진 듯 보였다.

"할머니, 근데 망치 뒤는 왜 이렇게 생겼어요?"

"이 부분으로 못을 빼야 하거든. 반대쪽으로는 못을 넣고."

"선호도 해 보고 싶은데."

"나중에 더 크면."

"힝. 얼마나 더 커야 하는데요."

선호는 영주의 의심이 무색할 만큼 할머니에게 딱 붙어 애교 섞인 목소리로 이것저것 물어봤다. 둘은 누가 봐도 사이좋아 보였다.

"작은 못은 선호도 뺄 수 있는데⋯."

선호가 여전히 아쉬운 듯 손잡이 어딘가 박힌 못을 매만지며 말했다.

"이런 건 할머니도 뺄 수 없어. 못이 너무 깊이 박혀 버렸거든."

"그럼 어떻게 해요?"

"이대로 살아야지."

"⋯."

"엄마도 일어났으니까 아침 먹을까?"

친정엄마가 선호를 데리고 부엌으로 갔다.

"저는 화장실 먼저 다녀올게요."

영주는 화장실에 가는 척 안방으로 들어갔다. 방은 꿈과 달리 깨끗했다. 테라스 쪽도 살펴봤지만 짐승의 창자는 커녕 지푸라기 한 올도 없었다. 마당에 있는 노간주나무만이 정면으로 보일 뿐이었다.

영주는 포기하지 않고 화장대 서랍을 뒤졌다. 지푸라기 인형이 숨겨져 있으리라 기대했지만 서랍에는 동전이며 화장품 같은 잡동사니밖에 없었다. 이제 마지막 서랍만이 남았다. 안이 가득 찼는지 뻑뻑해서 끝까지 열리지 않았다. 영주는 서랍 안으로 깊숙이 손을 넣었다. 금속 재질의 뭔가가 만져졌다. 찰랑거리는 걸 보니 열쇠 꾸러미 같았다.

"뭐 찾니?"

친정엄마의 목소리에 영주는 다급히 서랍을 닫았다. 대충 둘러대며 안방에서 나왔지만 뒤통수가 따가웠다.

부엌에는 거대한 곰국 냄비가 펄펄 끓고 있었다. 아는 사람을 통해 좋은 뼈를 싸게 샀다더니 그걸로 끓인 모양이었다. 그러고 보니 선호가 키가 작아 고민이라고 영주가 지나가듯 말한 뒤부터 칼슘이 많은 반찬이 자주 올라왔다. 진심인지 반찬값도 더 받지 않았다. 영주는 정신이 번뜩 들었다. 또 그놈의 꿈 때문에 사람을 의심하다니.

영주는 뭐라도 도와야겠다 싶어 서둘러 국자를 들고 냄비 뚜껑을 열었다. 과연 큼직한 뼈가 잔뜩 있었다. 살도 꽤 많이 붙어 있었다. 이 정도면 사골이 아니라 고기째 산 건가. 그런데 자세히 보니 살 중앙이 상처가 난 듯 움푹 패어 있었다. 냄새도 이상했다. 영주는 뭔가에 홀린 듯 냄비에 얼굴을 들이밀었다.

거기엔 토막 난 선호의 팔이 부글부글 끓고 있었다.

"꺅!"

영주가 뒷걸음질 치다 그만 바닥에 쓰러졌다. 놀라서 달려온 친정엄마가 냄비부터 들여다봤다. 질 좋은 소뼈가 잘 끓고 있었다.

"뜨거우니까 조심하라고 해도!"

영주는 자신을 일으켜 세우려는 친정엄마의 손길을 뿌리치고는 선호에게 달려갔다. 그리고 붕대를 거칠게 펼쳤다. 선호는 영문도 모른 채 엄마에게 몸을 맡겼다. 벗겨진 붕대 속엔 상처가 살짝 덧났는지 누런 고름이 보였다.

"소독할 때 상처에 안 닿게 조심하라고 했잖아요!"

영주는 굳이 다시 한번 상처를 소독하고 팔에 붕대를 감았다. 선호와 친정엄마는 서로를 바라보며 영주의 눈치를 살폈다. 얼음장 같은 분위기에서 아침 식사가 끝났다.

이후로 식사 시간은 매번 냉랭했다. 영주는 점점 더 퀭해졌다. 친정엄마가 주는 불면증 약을 두 배로 먹어도 딱히 좋아지지 않았다. 되려 더 나빠지는 것 같기도 했다. 며칠후 친정엄마가 걱정스레 물어봤다.

"너… 계속 나쁜 꿈을 꾸니?"

영주는 고개를 저었다.

"그냥 요즘 병원에서 바빠서 그래요."

미칠 노릇이었다. 계속 비슷한 악몽에 시달렸고 실제로도 선호의 상처는 더디게 나았다. 영주는 그게 전부 친정엄마 탓 같았다. 이 집에 온 후로 친정엄마는 정성을 다해 두 사람을 돌보고 있었기에 그 의심이 자신의 망상이란 것도 알고 있었다. 하지만 한번 시작된 의심은 쉽게 멈춰지지 않았다.

'차라리 이 집에 귀신이 쓰여서 내가 악몽을 꾸는 거였으면.'

그편이 친정엄마를 의심하는 쪽보단 나았다. 영주는 지푸라기라도 잡는 심정으로 송사장에게 전화를 걸었다. 파주에서 일한 지 40년이 넘었다고 했으니 전 주인에 대해 알고 있을지 몰랐다.

"아니야, 애는 없었고 아저씨 혼자 살았어. 본가는 대전에 있고 별장처럼 어쩌다 오는 정도였지. 확실한 건 어머니한테 물어봐요. 그 사람한테 직접 집을 샀으니까."

친정엄마 말도 같았다.

"이 집이 지어지고 2년도 안 되어서 샀으니까, 우리가 거의 첫 주인이라고 봐야지."

사람이 죽어 나간 집이라면 어떻게든 동네에 소문이 퍼졌을 텐데 수소문해도 들리는 게 없었다. 그렇다고 영주를 배려해 거짓말하는 것 같지도 않았다. 송사장, 부동산 아저씨, 소연 엄마, 친정엄마 모두 영주가 묻는 대로 대답해 줬다. 숨기지 않는다는 건 중요한 정보가 아니라는 뜻이었다.

반대로 뭔가를 숨긴다면 그건 중요한 정보겠지만.

그 순간 영주는 친정엄마가 자신에게 숨기는 게 뭔지 깨달았다.

옆방 열쇠.

친정엄마는 이사 첫날부터 옆방에 들어가지 말라고 신신당부했었다. 영주가 짐을 옮겨 놓게 문을 열어 달라고 해도 매번 핑계를 댔다.

"쥐가 나오면 어떡하려고. 괜히 열면 골치 아파."

"글쎄, 열쇠가 어디 갔는지 모르겠네."

영주는 친정엄마가 잠시 외출한 사이에 몰래 안방에 들어갔다. 화장대 제일 아래 서랍. 손을 깊숙이 넣어 보니 역시나 열쇠 꾸러미가 딸려 나왔다. 영주는 그걸 들고 옆방 앞에 섰다. 심장이 두근거렸다.

하나, 둘, 셋, 넷, 다섯.

아쉽게도 다섯 개의 열쇠 모두 맞지 않았다. 영주는 열쇠를 제자리에 두려고 다시 안방 화장대로 향했다. 서랍은 여전히 뻑뻑했다. 그때였다.

철컹.

대문 열리는 소리가 들렸다. 친정엄마가 마트에서 돌아온 모양이었다. 영주는 서둘러 서랍을 닫았다. 힘을 세게 준 나머지 서랍 사이에 끼어 있던 사진 하나가 바닥에 툭 떨어졌다. 영주는 대수롭지 않게 사진을 주웠다.

선호가 마당에 있는 노간주나무 아래서 환하게 웃고 있었다. 지금보다 조금 앳된 선호의 얼굴. 그런데 이상했다. 지금은 초가을인데 선호는 한겨울 옷을 입고 있었다. 영주가 사 준 적 없는 옷이었다. 당연히 영주가 찍은 사진도 아니었다.

영주는 숨이 턱 막혔다. 그건 그 여자가 언젠가 영주 몰래 선호를 이 집에 데려왔었다는 뜻이다.

13

서형사는 증거물품 보관실에서 갈색 병을 빼돌려 한 민간 연구사에게 맡겼다. 여청계에서는 단순한 아동학대 사건으로 보고 있어서인지 그다지 어렵지 않았다.

"비밀 꼭 지켜 주세요. 저 잘릴 수도 있거든요. 연구사님."

서형사는 불안한 마음에 몇 번이나 신신당부했다.

"연구사는 무슨. 이제 어엿한 약국 사장이거든요. 정약사라고 불러 주세요."

정약사는 국과수 독성학과 출신으로 1년 전 동네에 약국을 개업했다. 이름은 무려 '향기로운 약국'. 국과수 시절에 부검 후 위장 속 독극물을 분석하느라 매일 토사물이며 악취에 시달렸기에 약국은 언제나 싱그러운 꽃향기로 가득했다. 서형사가 오랜만에 찾아간 날은 흰색 나팔꽃이 꽂혀 있었다.

"나팔꽃이네요."

"일반 나팔꽃처럼 보이죠?"

정약사가 꽃병 옆으로 다가오며 말했다.

"악마의 나팔꽃이에요. 정식 명칭은 다투라, 우리말로 흰독말풀. 밤에만 꽃을 피워서 달꽃이라는 별명도 있고요."

"독이 있어서요?"

"독성이 있긴 한데 그보단 꽃이 피는 방향 때문이에요. 이건 하늘을 똑바로 보면서 고개를 쳐들고 있잖아요. 신이 보기에 불경하다고 해서 그렇게 불린대요."

"말도 안 돼. 그럼 천사의 나팔꽃도 있어요?"

"있어요. 똑같은 종인데 순종적으로 땅을 향해 고개를 숙이고 피면 천사의 나팔꽃으로 불려요. 웃기죠?"

서형사가 국과수로 돌아오라고 설득할 때마다 지금이 훨씬 좋다고 말했지만 정약사는 태생이 연구자였다. 오늘처럼 묻지 않아도 꽃의 성분이나 약재로의 쓰임새를 알려주는 걸 보면 덕후 같기도 했다. 그것도 독극물 덕후. 정약사는 사람들이 좋아하는 관상용 꽃 대신 악마의 나팔꽃처럼 알고 나면 무시무시한 식물들을 약국에 가져다 두었다. 한번은 소개팅 자리에서 지금 먹고 있는 음식 재료로 얼마나 많은 종류의 독살이 가능한지 썰을 풀다가 상대가 식사 도중 나간 적도 있다고 했다.

"분석 시간이 좀 걸릴 거예요. 제약회사 장비도 괜찮긴 하지만 국과수는 못 따라가거든요."

"보안 유지는 확실할까요?"

"걱정 마요. 제가 거기 장비 마음껏 쓸 수 있는 것도 다 자기들이 저한테 잘못한 게 있어서거든요. 기브 앤드 테이크."

"그럼 잘 부탁드리겠습니다."

"그런데 해가 서쪽에서 뜨겠네요. 서형사님이 안 하던 짓을 다 하고."

"…그러게요."

서형사는 팀 내에서도 에프엠으로 통했다. 무조건 매뉴얼대로 하는 성격이니 정약사가 놀랄 만도 했다.

"천사의 나팔꽃이 악마의 나팔꽃으로 바뀌는 경우는

없나요? 같은 종이라면서요."

서형사의 물음에 정약사가 흥미로운 듯 고개를 끄덕였다.

"오…. 신선한 질문이네요."

"혹시 없던 독이 생기면 바뀌는 건가?"

"아쉽게도 둘 다 독성이 있어요. 농담 섞어 말하자면, 하늘의 방향이 바뀌면 충분히 바뀔 수 있죠. 악마의 나팔꽃도 힌두교에서는 신성시되거든요. 거긴 신이 워낙에 많아서 그럴 수 있지만."

서형사는 궁금했다. 지금 자신이 보는 하늘은 위일까, 아래일까. 그 방향에 따라 자신이 누구인지가 달라졌기에 중요한 문제였다. 진범을 찾는 정의로운 형사인지 아니면 친자식을 죽인 범죄자들을 감싸려는 미친년인지.

나중에 찾아보니 정약사가 말한 건 힌두교 최고의 신 시바였다. 그쪽에선 악마의 나팔꽃이 신성한 시바 신의 가슴에서 나왔기 때문에 꽃과 이파리 모두를 그에게 바친다고 했다. 흥미로운 건 시바가 파괴의 신이면서 동시에 창조의 신이기도 한 사실이었다. 모든 파괴는 창조로 이어진다는 순환적 관점에서 보면 하늘은 위아래로 나눠진 게 아니라 애초에 구분이 없는 원의 형태에 가까웠다.

반면 서형사가 사는 세상은 그렇지 않았다. 모 아니면 도였다. 이 일로 그가 제대로 된 진범을 잡으면 성공이고, 성과 없이 범법 행위만 들통나면 실패일 뿐이었다. 모든 일이 그랬다. 유도 국가대표 선수가 되거나 아예 운동을 그만두거나, 강력계로 가거나 애초에 경찰이 되지 않거나, 편을 들거나 적이 되거나, 여자가 못 되면 남자가 되어야만 했다.

서형사도 지금껏 그 논리에 따라 살았지만 이번만은 예외였다. 지금은 결과와 상관없이 자신을 움직이는 하나의 원동력이 있었다. 바로 호기심이었다.

서형사는 성목 이모라는 사람을 만나 보고 싶었다. 그여자는 자신이 아주 오래 잊고 살았던 누군가를 떠올리게했다. 게다가 그의 말 한마디에 인생이 바뀌었다는 사람도있지 않은가. 궁금했다. 내 인생도 바뀔 수 있으려나.

서형사는 청주여자교도소로 향했다. 신양동 사건의 범인이 접견을 허락했다는 연락을 받은 직후였다. 그는 7년형을 선고받고 3년째 복역 중이었다.

"7년 전쯤인가. 찜질방에서 처음 만났어요."

당시 여자는 고시촌에 살고 있었다. 2년째 공무원 시험을 준비하다 돈이 떨어져 식당에서 아르바이트하며 생활비를 버는 중이었다. 그러다 겨울이 왔고 집이 너무 추웠다. 보증금 200만 원에 월세 30만 원짜리 방에서 뭘 바랄까. 아무리 난방을 틀어도 집 온도가 15도를 넘지 않았다. 몇 번을 항의해도 주인은 눈 하나 깜짝하지 않았다. 어떻게든 버텨 보았지만 근처 찜질방에서 자는 날이 늘어났다.

"때 미는 아줌마였는데 자기 집 방 하나가 빈다고 싸게 준다고 하더라고요."

한방 삼계탕집 이 층에 있는 작은 살림방이었다. 일 층에서 계속 불을 때서인지 보일러를 틀지 않아도 방이 절절 끓었다. 여자는 그 방에서 무사히 겨울을 보냈다. 자신에게 방을 내어 준 사람에 대해서도 이것저것 알게 되었다. 처음에는 삼계탕집 안주인이 왜 세신사로 일할까 싶었는데 알고 보니 삼계탕에 들어가는 약초를 대는 사람이었다. 약초를 직접 캐는 건 아니고 약초꾼들 사이에서 중계 역할만 했다. 도매상이라고 해야 하나. 어쨌든 사람들 사이에선 '한방 이모'로 불렸다.

한방 이모가 여자에게 방을 내줄 수 있었던 건 삼계탕집 사장 할아버지와의 친분 덕분이었다. 소문에 의하면 할아버지가 혼외자를 가졌는데 한방 이모가 애를 받았다고 했다. 그 애를 자기 호적에 올렸다더라, 그걸 핑계로 삼계탕

집 후처 자리를 노린다더라 등 온갖 말이 돌았다.

　세신사, 약초 도매, 피부 미용, 산파까지⋯. 여자가 2년간 지켜본 결과 한방 이모는 같은 사람이라고는 믿을 수 없을 정도로 온갖 일을 했다. 일에 따라 옷차림과 말투도 묘하게 달라졌다. 여러모로 수수께끼의 사람이었고 이상한 소문도 많았으나 여자에겐 중요하지 않았다. 자신이 가장 추웠던 시기에 따뜻한 방을 내준 사람이었으니까.

　"그땐 이모가 엄마 같았어요. 그 일이 있기 전까지만 해도⋯."

14

언제였을까. 언제 내 아들을 나도 모르게 데려왔던 걸까. 사진 속 선호를 보니 작년 겨울 같았다. 영주는 서둘러 휴대폰 달력을 뒤졌다. 11월 말에 뭔가 적혀 있었다.

'이모님 휴가.'

일주일의 공백이 있었다. 당시 영주의 근무 스케줄에 맞춰 줄 사람이 없어서 고생했던 기억이 났다. 어린이집 엄마들, 몇 안 되는 친구, 관리소 아저씨 등…. 영주는 인맥을 총동원해 일주일을 버텼다. 도움을 받았다기보다는 폐를

끼쳤다는 말이 맞았다.

"아저씨, 저희 선호 놀이터에서 노는 거 딱 한 시간만 봐주실래요?"

한 시간 뒤에 관리소에게 전화가 오면 우는 소리로 연기했다.

"어쩌죠, 차가 좀 막혀서 한 시간 정도 더 걸릴 것 같아요."

그런 식으로 한두 시간, 많으면 다섯 시간까지도 선호를 맡겼다. 얼마 전엔 놀이터에서 우연히 만난 고등학생한테 선호를 부탁하고 파주까지 다녀왔다. 늘 누구에게 맡길지 급급해서 그 시간 동안 선호가 뭘 했는지 누굴 만났는지는 물어볼 여유가 없었다.

영주는 결론을 내렸다. 이모님이 휴가 갔던 즈음 친정엄마가 몰래 선호를 파주에 데려갔던 거라고. 따지고 보면 유괴였다.

영주는 세 달 전, 이 집에 이사 오던 때를 떠올렸다. 친정엄마는 20년 만에 영주를 본 건데도 자식이 있는지, 딸인지 아들인지, 몇 살인지, 뭘 좋아하는지 죄다 알고 있었다. 고모에게 들었겠거니 했는데 다시 생각하니 이상했다. 더 수상한 건 선호였다. 할머니를 만나 놓고 왜 아무 말도 하지 않았을까.

여섯 살이지만 선호는 입이 무거운 아이였다. 영주가 교육한 결과일 수도 있었으나 매번 영주의 연기에 모른 척 동참해 주었다. 비밀도 꼭 지켰다.

"엄마 두 시간 뒤에 올 건데 관리소 아저씨한테는 비밀이야. 알았지?"

"응. 쉿! 비밀."

할머니를 만나고 영주에게 비밀로 한 이유도 뻔했다. 친정엄마가 비밀로 해 달라고 부탁했을 것이다. 영주가 경험한 바에 의하면 어른들이 아이에게 비밀이라고 하는 경우는 딱 하나였다. 아이에게 뭔가 잘못된 일을 저지를 때다.

"선호… 여기 데려온 적 있어요?"

영주가 식사 중 조심스레 물었다. 숟가락을 쥔 손이 살짝 떨렸다.

"무슨 말이니. 선호 지금 여기 있잖니."

"아니, 이사 오기 전에 말이에요."

친정엄마는 말도 안 되는 일이라며 딱 잘랐다. 선호도 거들었다.

"선호 여기 온 적 없는데."

영주는 아들의 말을 믿을 수 없었다. 할머니에게 이미 세뇌당했는지도 몰랐다.

"우리 선호가 워낙 잘 적응하길래… 한 번 와 봤나 싶었지."

영주는 대충 둘러댔다. 일단 휴대폰으로 사진을 찍어 놓았으니 확실한 증거가 생겼을 때 들이미는 게 나을 듯했다.

"선호야, 엄마가 또 잠 못 잤나 보다."

"엄마 또 꿈꿨어?"

영주는 친정엄마가 일부러 자신을 아픈 사람으로 몰아간다는 기분이 들었다. 최근 악몽 때문에 예민하긴 했어도 선호를 돌보지 못할 정도는 아니었다. 하지만 친정엄마는 영주를 보호하는 척 선호와의 사이를 갈라놓았다. 하는 말도 매번 똑같았다.

"선호야, 엄마 피곤하니까 귀찮게 하지 말자."

선호는 밥 먹는 것부터 시작해 옷 갈아입고 동화책 읽는 것 전부 할머니에게 부탁하기 시작했다. 영주가 출근한 뒤 온종일 시간을 보내는 건 할머니니 선호 입장에서 가장 잘 보여야 하는 상대는 영주가 아니었다. 영주는 영원히 자신의 것일 줄 알았던 자리를 뺏기는 기분이었다.

묘한 소외감을 느끼며 국을 한 술 뜨던 참이었다. 목구멍에 뭔가 걸렸다. 친정엄마가 영주의 등을 두드려 주어도 한번 시작된 기침은 쉽게 멈추지 않았다. 선호마저 울상이 되어 외쳤다.

"엄마, 왜 그래!"

발작하듯 기침하던 영주가 결국 바닥에 뭔가를 뱉었다. 피와 함께 길쭉한 물체가 섞여 나왔다. 굵은 지푸라기였다.

"욱!"

영주는 꿈에서 봤던 지푸라기와 요람 속 인형이 떠올랐다. 그대로 화장실로 달려가 변기를 붙잡고 한참을 토했다.

다시 식탁에 앉은 영주는 더 퀭해져 있었다. 식욕은 완전히 달아났다. 친정엄마는 어제 마당을 청소하다가 버린 지푸라기가 왜 들어갔는지 모르겠다며 국이 든 냄비를 전부 싱크대에 부었다. 선호는 아직도 영주가 기침하다 바닥에 흘린 피를 멍하게 쳐다보고 있었다. 먹을 기운은 없었지만 애서 영주가 말했다.

"괜찮으니까 다들 밥 먹자."

말이 끝남과 동시에 선호가 식탁 아래로 달려와 영주의 치마 속으로 들어갔다. 그러고는 영주의 속옷을 벗기려 들었다.

"또 마녀가 엄마 혼낸 거 아니지? 응?"

영주는 당황해 큰 소리로 외쳤다.

"선호야 그만! 엄마 괜찮아!"

하지만 이성을 잃은 선호는 막무가내로 영주에게 달려들었다. 영주는 치마 아래로 팬티를 붙잡은 상태로 친정엄마와 눈이 마주쳤다. 친정엄마는 놀라다 못해 경악스러운 표정이었다.

"선호야, 그만!"

영주가 외치던 순간, 친정엄마가 순식간에 선호의 옷목덜미를 낚아챘다.

쫘악!

뺨 때리는 소리가 부엌에 울려 퍼졌다. 어찌나 세게 때렸는지 선호의 뺨에는 벌겋게 손자국이 나 있었다. 선호는 무서워 울지도 못하다가 뒤늦게 울음을 터뜨렸다. 영주가 황급히 선호를 감쌌다.

"저 때문이에요. 제가 애한테 겁준 게 있어요. 그래서… 애가 그런 건데…!"

"그게 문제가 아니야!"

친정엄마는 화가 풀리지 않는 듯 싱크대에 기대 숨을 고르고 있었다. 그대로 두면 몇 대 더 칠 기세였다. 그 모습에 영주의 의심이 결국 고개를 쳐들었다.

"제가 없을 때도 이러세요?"

친정엄마는 영주의 말은 들리지도 않는 듯 싱크대 한구석에 시선이 꽂혀 있었다. 영주가 다시 물었다.

"대답해요! 나 없을 때 애 때린 적 있냐고요!"

"그게 문제가 아니라고!"

친정엄마는 선호의 어깨를 붙잡고 물었다. 화가 났다기보다 절박한 표정이었다.

"선호야, 솔직히 말해 줘. 혹시 저거 마셨니?"

친정엄마는 싱크대 위에 있는 빈 잔을 가리켰다. 옆에는 갈색 병이 놓여 있었다. 영주에게 주려고 미리 물에 타놓은 모양이었다. 선호가 천천히 고개를 끄덕이자 친정엄마의 표정이 싸늘하게 식었다. 한 번도 본 적이 없는 표정이었다. 그 뒤로 영주는 친정엄마를 볼 수 없었다. 그 여자가 다시 나타났다.

15

"할머니…. 근데 입이 왜 그렇게 빨개?"

선호가 새빨간 립스틱을 칠한 할머니에게 물었다. 할머니는 읽어 주던 동화책을 덮더니 능청스럽게 대답했다.

"비밀인데 알려 줄까 말까…."

"알려 주세요!"

"그래, 그럼 선호만 알고 있어야 해. 약속."

선호는 새끼손가락까지 걸었다. 할머니는 목소리를 낮췄다.

"사실은 엄마 방 옆에 누가 살고 있단다."

"응, 쥐가 살고 있어. 그래서 자물쇠로 잠근 거잖아. 선호한테 못 오게."

"음…. 쥐인지는 모르지. 괴물이 있을지도 모르고."

"어떤 괴물?"

"할머니도 그림자만 봤어. 엄청 크고 시커멓고 축축한 괴물이야."

선호가 무서워서 이불로 쏙 들어가자 할머니가 이불 속으로 고개를 들이밀었다.

"근데 그 괴물, 할머니가 콱! 잡아먹었어. 그래서 할머니 입이 빨간 거야."

이불 속에서 할머니 입이 새빨갛게 웃고 있었다. 선호는 괴물보다 할머니가 더 무섭게 느껴졌다.

"그러니까 선호도 괴물이 되면 안 돼. 알았지?"

할머니는 그러면서 은색 침통에서 커다란 침 하나를 꺼냈다. 선호는 두 눈을 질끈 감았다.

선호가 영주의 치마 속에 들어간 다음부터 친정엄마는 선호를 마치 아이가 아닌 것처럼 대했다. 밥을 먹다가 음식을 흘려도, 화장실에서 바지를 더럽혀도, 뛰어놀다가 넘어져도 절대로 도와주지 않았다. 영주가 도와주려고 하면 어디선가 달려와 대놓고 둘 사이를 떨어뜨려 놓았다.

"둬라! 혼자 하는 법도 배워야지."

식사 때도 자기 국은 자기가 덜게 시켰다. 영주는 여섯 살짜리가 의자 위에 올라가 뜨거운 냄비 앞에서 국 뜨는 걸 지켜보기가 괴로웠다. 아직도 낫지 않은 팔 때문에 평소보다 행동이 어설펐음에도 친정엄마는 도와주려는 영주를 필사적으로 막았다. 독립심을 키운다고 보기에는 과했다.

영주는 왜 갑자기 친정엄마가 돌변한 건지 헷갈렸다. 선호가 병에 든 약을 마셔서인지, 영주의 치마 속에 들어가서인지. 둘 다인지.

"그거… 선호가 먹으면 안 되는 거였어요?"

"안 되지. 안 되고 말고."

"선호 멀쩡해 보이는 거 같은데…."

"멀쩡한 애가 그러니?"

영주의 얼굴이 화끈거렸다. 가장 아픈 곳을 찔렸다.

"말씀드렸잖아요. 그건 제가 애한테 겁을 준 게 있어서…!"

"지켜보면 알겠지. 멀쩡한 건지, 멀쩡한 척하는 건지 내 눈엔 다 보이거든."

영주는 기이한 감정에 휩싸였다. 방금 말은 친정엄마가 텃밭에서 죽은 화초를 골라낼 때 했던 말과 비슷했다.

두 달 전만 해도 '선호가 잘 자라고 있다'고 했는데 '지켜보면 알겠지'로 바뀌고 말았다. 지켜봤다가 아니라는 결론이 나오면 어떻게 할 작정일까. 설마 화초처럼 죽이려는 건 아니겠지.

영주는 친정엄마에게 그 사진을 보여 주어야겠다고 결심했다. 잠깐이었더라도 몰래 선호를 유괴한 사람과 계속 살 순 없었다. 명확히 해명하지 못하면 당장 내보내리라 마음먹고 진지하게 말을 꺼냈다.

"선호, 이 집에 데려온 적 없다고 하셨죠. 근데 제가… 어떤 사진을 봤거든요."

휴대폰 사진첩을 뒤지던 영주는 당황했다. 사진이 사라졌다.

"잠깐만요. 원본이 있어요."

영주는 안방으로 달려가 화장대 서랍을 뒤졌지만 소용없었다. 침대 밑과 장롱 속 어디에서도 사진은 보이지 않았다. 영주가 안방을 난장판으로 만드는 동안 친정엄마는 말없이 영주를 지켜봤다.

"분명 선호가 저 나무 밑에서 찍은 사진이 있었단 말이에요!"

영주는 마당 한가운데 서 있는 노간주나무를 가리켰다. 나무가 말을 할 수 있다면 따져 묻고 싶은 심정이었다. 내 아들이 여기 온 적이 있었는지, 내가 어릴 때 나무에 올라갔다가 떨어진 적이 정말로 없었는지.

"영주야…"

친정엄마가 진심으로 안타까운 듯 바라보자 영주 눈에서 눈물이 뚝 떨어졌다.

"죄송해요, 저도 제가 왜 이러는지 모르겠어요."

영주가 멋대로 약의 용량을 늘린 탓에 벌어진 일로 결론지어졌다. 친정엄마는 갈색 병을 보여 주며 신신당부했다.

"하루에 딱 한 방울이야. 그 이상 먹으면 독이 된다."

최근 영주는 늦게까지 공부하고 얼른 잠을 자려고 두 배, 어떤 날은 정량의 서너 배를 물에 타 먹었었다. 악몽을 자주 꾸기 시작한 것도 그즈음이었다. 영주는 다시 한번 찬찬히 휴대폰을 살펴봤지만 사진은 보이지 않았다. 애초에 꿈에서 찍은 사진이 현실에 존재할 리가 없었다.

한편으론 친정엄마가 원망스러웠다. 자신에게도 이 정도로 큰 영향을 끼치는 약이라면 진작 선호 손에 닿지 않게 조심했어야 한다. 영주는 엄마의 엄마라도 엄마만큼 자식을 돌볼 수는 없다는 생각이 들었다.

영주는 싱크대 선반에 있던 갈색 병을 꺼냈다. 선호가 의자 위로 올라가 충분히 꺼낼 수 있는 높이였다. 영주는 선호의 손이 닿지 않는 곳을 찾아 부엌 이곳저곳을 뒤지기 시작했다. 마침 냉장고와 싱크대 사이에 높은 찬장이 보였다. 지금 영주가 선호를 위해 할 수 있는 건 그곳에 약을 숨겨 두는 것뿐이었다.

찬장을 여니 예상 밖의 광경이 펼쳐졌다. 수십 개의 재활용 병이 가득 차 있었다. 소주병, 박카스병, 파스타 소스병, 주스병 등. 안에는 직접 만든 것으로 보이는 각종 엑기스가 담겨 있었다. 영주도 처음 보는 것들이었다.

병마다 작은 메모가 붙어 있었다. 병에 담긴 물질의 이름과 효능인 듯했다. '매실액(소화)', '익모초 가루(두통, 월경통)', '머위 효소(기관지)' 등 흔히 보이는 것들이 대다수였는데 이상한 게 하나 있었다.

'두송실(또시 태어남).'

생각났다. 두송실은 노간주나무 열매다. 겨울 철새가 오기 시작할 즈음이면 녹색이던 열매가 포도알처럼 검붉게 변했다. 영주가 어릴 때 친정엄마는 매년 그 열매를 따서 술을 담그거나 효소를 만들어 요리에 쓰곤 했기에 낯설진 않았다. 수상한 건 거기 적힌 효능이었다. '또시'는 제주도 말로 '다시'라는 말이었다.

"다시 태어남…?"

원래 소주가 담겼을 녹색병 입구에는 최근 사용한 듯 검붉은 액체 한 방울이 기다랗게 묻어 있었다. 영주는 다시 갈색 병을 살펴봤다. 몇 번을 봐도 비슷한 색깔과 점도인 걸로 미루어 같은 내용물 같았다. 아마 녹색 병에 있는 걸 작은 갈색 병에 덜어 쓰고 있는 듯했다. 그렇다면 더 미심쩍었다. 영주에게는 불면증에 좋은 약이라고 했는데.

그러고 보니 친정엄마가 예전 고객이라는 사람과 통화하며 이상한 말을 한 적이 있었다.

"은가락지 삶은 물, 그거 일주일만 먹으면 애 안 떨어져. 자기도 참, 없으면 훔쳐야지."

영주는 의아했었다. 피부 관리사였다면서 왜 유산에 대해 조언하는 걸까. 따지고 보면 조언도 아니었다.

산부인과에서 일하는 영주는 종종 그런 미신을 접했다. 임신 중 상갓집에 가면 부정 타서 애가 떨어진다, 삼칠일 동안은 금줄을 치고 외부인을 들이면 안 된다 등 세려면 끝도 없었다. 병실마다 '병원 내에서는 종교행사를 금합니다'라는 안내문을 붙여도 꼭 어기는 사람들이 있었다. 나이가 많거나 시골 출신의 친정엄마들만 그런 미신을 믿을 거라 여기지만 젊은 산모들도 웬만하면 금기시하는 건 하지 않으려 했다. 특히 난임 클리닉에 오는 산모들은 간절한 마음 때문인지 적극적으로 미신을 믿는 경우도 꽤 많았다. 삼신할미가 돌잔치에서 다음 태어날 아이를 점지한다는 미신 때문에 모르는 아기 돌잔치에 가서 돌잡이 실타래를 훔쳐 왔다고 털어놓은 산모도 있었다. 주로 절박한데 방법이 없는 이들이 미신에 집착했다.

그 통화도 찜찜했는데 병에 적힌 효능을 보니 더 께름칙했다. 죽은 뒤 다시 태어나는 약이라니 그런 게 존재할 리가 없었다. 설사 있더라도 죽은 사람에게 먹여야지 왜 멀쩡히 살아 있는 자신에게 준 거람. 기분이 나빠진 영주는 얼른 찬장을 닫았다.

친정엄마는 대체 어떤 사람일까. 아니, 그동안 어떻게 변했을까. 남자에 미쳐 하나뿐인 딸을 버린 사람이 20년 사이에 좋은 사람으로 변했을 리가 없었다.

문제는 그걸 판단하기에는 지금 영주의 상태가 좋지 않다는 데 있었다. 선호에게는 꿈과 현실을 구분하지 못하는 엄마보단 할머니가 더 필요한지도 몰랐다.

며칠 후부터 선호는 자주 토하거나 체했다. 실수로 약을 먹고도 선호가 멀쩡하길 바랐던 영주는 왜인지 친정엄마의 눈치가 보였다. 친정엄마는 선호가 힘들어할 때마다 침으로 손톱 밑을 찔러 피를 냈다. 그때까지만 해도 영주는 선호가 조금 체했을 뿐이라고 여겼다. 기대가 산산조각이 난 건 유치원에서 온 전화를 받고부터였다.

　"선호가 같은 반 남자애를 미끄럼틀 위에서 밀었어요. 게임을 따라 했다는데…."

　마침 밑에 있던 선생님이 받아 준 덕분에 남자애는 가벼운 타박상에 그쳤다지만 문제는 선호였다. 병원 놀이 사건과 새를 죽였던 일로 어린이집에서 쫓겨났던 게 불과 몇 개월 전이었다.

　"엄마 이거 봐, 마법의 약을 먹으면 높은 곳에서 떨어져도 안 죽는단 말이야."

　선호가 게임기를 보여 주며 변명을 늘어놓자 영주는 더욱 화가 났다.

　"이건 게임이잖아. 진짜 사람은 떨어지면 다쳐!"

　"주인공은 안 다쳐! 걔가 약한 거라니까."

　영주는 말문이 막혔다. 내 아들이 언제부터 이런 생각을 하게 된 걸까. 적어도 사람을 해코지한 적은 없었는데.

친정엄마 말대로 병에 든 약을 먹고 상태가 더 나빠진 걸까. 아니면 마녀 작전이 문제였던 걸까. 영주는 자신이 무엇을 놓친 건지 알고 싶어 점점 더 과거로 거슬러 가다가 어느 순간 깨달았다.

약이나 마녀 작전은 핑계다. 영주가 꿈과 현실을 분간하지 못하는 것처럼 선호는 게임과 현실을 혼동했다. 영주는 자신의 비밀을 처음이자 마지막으로 누군가에게 고백했던 순간을 떠올렸다. 그는 영주가 마녀 같다고 했었다.

내가 마녀라서 내 아들이 괴물이 된 걸까. 영주는 선호를 꼭 껴안았다.

"다 엄마 잘못이야. 괜찮아, 선호야."

영주는 끝내 선호에게서 게임기를 빼앗지 못했다.

영주가 모처럼 저녁을 준비하겠다고 나선 날이었다. 된장찌개에 넣을 호박을 썰다가 선호가 매번 찌개에서 호박을 골라냈던 게 떠올랐다. 잠깐 요리를 멈추고 이 층에 있는 선호의 방문을 열었다. 선호는 침대 위에 비스듬히 누워 게임에 열중하고 있었다.

"선호야! 된장찌개에 호박 넣을까 말까?"

"나 된장찌개 싫어. 피자 먹을래."

"건강한 거 먹어야 팔도 빨리 낫지."

선호가 철조망에 찔린 게 벌써 두 달 전이다. 진작에 나았어야 했지만 무슨 일인지 나을 만하면 상처가 덧나는 바람에 아직도 붕대를 감고 있었다.

"싫어. 유치원에선 수요일에 피자 먹는단 말이야."

영주는 유치원에서 쫓겨나 혼자 게임하는 아들을 보니 학창 시절 친구들을 피해서 보건실에 틀어박혀 있었던 자신이 떠올라 마음이 약해졌다.

"알았어. 배달시킬게."

"지금 시키면 언제 와! 선호 배고픈데!"

"빨리 배달해 달라고 하면 되지."

영주가 피자를 주문하려고 서둘러 계단 쪽으로 발을 디디던 순간이었다.

"나, 화장실!"

선호가 영주를 밀치고 계단 아래로 후다닥 내려갔다. 영주는 그대로 균형을 잃었다. 팔이 잠시 허공에서 허우적거리더니 가까스로 손잡이를 잡아냈다. 추락은 면했으나 그대로 손잡이를 잡은 채 미끄러지듯 두세 단을 내려갔다.

"윽!"

영주의 손에서 피가 뚝뚝 떨어지고 있었다. 계단 손잡

이에 못 하나가 삐죽 튀어나와 있었다. 빨리 손을 떼서 망정이지 하마터면 손바닥에 구멍이 날 뻔했다.

"영주야!"

친정엄마가 달려오더니 앞치마로 얼른 지혈했다. 그러고는 부엌 찬장에 있는 수많은 병 중 작은 유리 단지를 가져왔다. 뚜껑을 여니 정체 모를 시커먼 고약이 보였다. 영주는 의심스러웠다. 저건 무슨 약일까. 어디에 효능이 있을까.

"제가 알아서 할게요."

영주는 친정엄마의 손을 거칠게 뿌리치고 외쳤다.

"선호! 눈 감아 빨리!"

그 와중에도 영주는 선호 걱정이 우선이었다. 괜히 피를 봤다가 또 어떤 돌발행동을 할지 몰랐다. 계단 위에 서 있던 선호는 영주의 말을 듣고 주저앉아 두 손으로 눈을 가렸다. 선호는 놀란 것과 동시에 자신 때문에 엄마가 다쳤다는 죄책감에 울먹거리는 듯 보였다.

"엄마…. 나 때문에 다쳐서 어떡해."

한편, 친정엄마는 영주를 다치게 한 계단 손잡이를 살펴보고 있었다. 못이 튀어나온 자리는 며칠 전 망치로 수리한 곳이었다. 친정엄마는 이상하다는 듯 고개를 갸웃거리며 선호 쪽을 바라봤다. 그런데 두 손으로 눈을 가린 선호의 표정이 어딘지 어색했다. 입으론 우는 소리를 내면서도 입꼬리가 위로 올라가 있었다. 선호는 웃고 있었다.

"휴, 이제 다 됐다."

영주가 반창고를 다 붙이고 고개를 들자 선호는 다시 입꼬리를 내렸다. 유일하게 모든 광경을 지켜본 친정엄마는 뭔가 깨달은 듯 고개를 끄덕였다.

"네 놈이 맞았구나."

그 한마디에 묘한 긴장감이 퍼져 나갔다. 선호와 친정엄마가 계단을 사이에 두고 대치하듯 말없이 서로를 보고 있었다. 영주는 당황스러웠다.

"선호가 일부러 그런 거 아니에요. 실수로 부딪힌 건데…."

그러나 친정엄마는 서슬이 퍼런 눈으로 선호를 노려봤다. 더 이상 여섯 살짜리 손자를 바라보는 눈빛이 아니었다. 어떤 살의마저 느껴졌다. 영주는 정신이 번쩍 들었다.

그날 밤, 영주가 노크도 없이 선호의 방문을 벌컥 열었다.

"오늘부터 제가 재울게요."

영주가 나가 달라는 듯 문 앞에 서 있는데도 친정엄마는 앉은 채 꿈쩍하지 않았다. 침대 위를 보니 동화책이 아니라 은색 침통이 열려 있었다.

"선호가 또 배 아프다고 했어요? 많이 먹지도 않았는데…."

친정엄마는 집중한 나머지 대답도 없었다. 한 손으론 침을 들고 나머지 손으로 선호의 엄지손가락을 꽉 붙들고 있었다. 손을 따기 전 피를 모으려 실로 엄지손가락을 동여맸는데 어찌나 세게 묶었는지 죽은 손가락처럼 시퍼렇게 보였다. 날카로운 침이 막 선호의 손톱 아래를 찌르기 직전이었다. 잔뜩 겁을 먹은 선호가 도와 달라는 듯 영주를 바라보자 영주가 친정엄마의 손목을 붙들었다.

"애가 무서워하잖아요!"

"죽은 피를 빼야 새로운 피가 차는 거야."

영주는 무시하고 선호를 일으켰다.

"일어나, 오늘은 엄마 방에서 잘 거야."

그러자 친정엄마가 선호의 반대쪽 손을 잡고 말했다.

"방에 함부로 남자 들이는 거 아니다."

영주는 귀를 의심했다.

"남자라니요! 선호, 제 아들이에요!"

"그러게…. 왜 하필 아들이니."

그 순간 영주는 이 사람이 자신의 친엄마가 아닐지도

모른다는 생각이 들었다. 다음 날 아침, 영주의 방 앞에는 짚으로 만든 금줄이 쳐 있었다.

16

노간주나무

엄마가, 혹은 엄마처럼 믿었던 사람이 돌변하면 어떻게 될까.

서형사는 지금껏 사람이 변한다는 말을 믿지 않았다. 변한 것처럼 보인다면 원래 그런 사람인데 몰라본 것일뿐이다. 신양동 사건의 범인도 마찬가지였다. 가장 추웠던 시기에 따뜻한 방을 내줬던 한방 이모는 그 방을 다시 뺏을 수도 있는 사람이었다. 너무 늦게 깨달았지만.

여자가 한방 삼계탕 건물 이 층에서 두 번째 겨울을 보낸 뒤의 봄이었다. 여자는 공무원 학원에서 한 남자를 만나 임신했다. 처음엔 낳지 않으려고 했는데 남자가 설득했다. 자신이 먼저 합격해서 자리 잡을 테니 애를 낳은 뒤 실컷 공부하라고.

"우리는 한 팀이잖아."

여자는 남자의 말을 믿고 아이를 낳았다. 그동안 모아 놓은 돈은 모두 남자의 뒷바라지 비용으로 들어갔다. 다행히 남자는 다음 해에 합격해 공무원이 되었다. 여자는 산후 우울증과 독박육아로 힘들었지만 자기 차례를 기다리며 인내의 세월을 보냈다. 딸의 돌 잔칫날, 남편에게 전화가 왔다. 여자는 갑자기 출장이 잡혔다는 남자의 말을 믿었지만 한방 이모의 생각은 달랐다. 남자가 회사에 있는 유부녀 동료와 바람이 났다며 당장 바로잡아야 한다고. 아니면 차라리 이혼하고 혼자 딸을 키우는 게 낫겠다고. 하지만 여자는 너무 지쳐 있었다. 남자가 진짜로 바람이 났다고 해도 바로잡을 힘도, 딸을 혼자 키울 자신도 없었다. 그러자 이모는 자신이 도와주겠다며 여자를 안심시켰다. 얼마 후, 여자는 그가 한 짓을 알고 경악할 수밖에 없었다.

"걱정해 주는 건 알겠는데 선을 넘은 거죠."

"어떻게 했길래요?"

서형사가 재촉하자 여자는 망설이다 겨우 답했다.

"남편이 이모가 일하는 사우나에 자주 갔었거든요. 잠깐씩 눈을 붙일 수 있는 방이 있었는데 남편이 자고 있을 때 몰래 들어가서 사혈침으로 피를 뺀 거예요. 죽은 피를 빼야 새사람이 된다면서. 조금이 아니었던 걸로 알고 있어요. 뭐, 직접 본 건 아니지만."

서형사가 성목 목욕탕에서 만났던 세신사도 처음에 '남편이 사고 쳐서 왔냐'고 물었었다. 개과천선을 시킨다는 방법이 이런 거였나.

"그 정도로 미친 여자인지는 몰랐거든요. 그때부터 연락을 끊었죠."

서형사는 3년 전에 여자가 증거로 제출했던 갈색 병 사진을 보여 주었다.

"이 약도 그 일과 연관 있었던 건가요?"

"아니요, 그건 결혼 전에 받은 거예요. 임신 내내 잠을 못 잤거든요. 이모가 주면서 그러더라고요. 다시 태어나고 싶을 때 마시라고."

"다시 태어난다니요?"

서형사가 되묻자 여자는 별일 아니라는 듯 덧붙였다.

"잠이 안 올 때 마시라는 뜻이었어요. 이모는 자는 걸

'죽는다'고 했으니까, '다시 태어난다'는 건 다음 날 아침에 잠에서 깨어난다는 거였죠."

알면 알수록 그 여자의 사고방식은 독특했다.

죽은 피를 뽑으면 사람의 성격이 바뀌고, 잠을 자면 그날의 나는 죽고 다음 날 아침에 새로운 나로 태어난다니. 비합리적으로 느껴지면서도 사람을 현혹하는 논리였다. 거기엔 모든 것은 변한다는 강력한 믿음이 깔려 있었다. 이상하게도 그런 믿음은 전염력이 강했다.

여자가 약을 먹지 않았음에도 5년간 버리지 않았던 이유도 그 때문이었다. 정말로 힘들 때 먹으면 뭔가 달라지지 않을까 하는 기대가 눈곱만큼은 있었다고 고백했다.

"지금 생각하면 미신만은 아니었던 거 같아요."

그러더니 감정이 북받쳐 오르는 듯 흐느꼈다.

"이모가 그랬어요. 지금 바로잡지 않으면 나중에 나랑 딸 중 하나가 죽는다고."

서형사는 깜짝 놀랐다. 여자도 당시에는 황당했겠지만 결국 그 말이 사실이 되지 않았는가.

"딸이 아니라 내가 죽었어야 했는데…."

얼마 후 여자는 이모가 한 짓에 대해 남자에게 대신 사과하고 일상으로 돌아갔다. 유부녀 동료와의 일은 끝내 묻지 못했지만 외도가 계속된다는 건 알았다. 무너진 자존감과 우울증은 여자를 점점 갉아먹었다. 여자는 계속 자살 충동에 시달리다 딸이 네 살이 되던 해에 그 약을 정량 이상 마셨다. 여자는 곧 깊은 잠에 빠졌다. 그사이 딸은 캐리어 안에서 숫자 공부를 하며 엄마가 자신을 꺼내 주길 기다리다 세상을 떠났다.

"이모 말대로 그때 바로잡았어야 했어요. 내가 사라지는 걸 내버려두면 안 되는 거였는데…. 변명이겠지만 내 딸은 나처럼 안 크길 바랐거든요. 그래서 어릴 때부터 공부시킨다는 게…!"

여자는 고통스러운 듯 수인복 바지를 두 손으로 꼭 쥐었다.

"형사님, 저는 여전히 모르겠어요. 저처럼 사느니 안 사는 게 나을 것 같은데…. 어쩌죠."

교도소에서 나온 서형사가 막 세 번째 담배에 불을 붙이고 있을 때였다. 메시지가 도착했다. 발신자는 성목 목욕탕 세신사였다. 지인이 보내 줬다며 성목 이모의 카카오톡 프로필을 캡처한 사진을 보내왔다.

서형사는 담배를 얼른 비벼 끄고 사진을 확대했다. 딸

네 집에서 손자를 봐준다더니 둘의 사진 같았다. 커다란 나무 앞에 한 남자아이와 서형사 또래의 여자가 나란히 서 있었다.

그 사람이었다.

서형사의 인생을 망친 진범, 영주였다.

17

서형사가 윤성이 아닌 희수로 불리던 시절의 일이다.

영주는 희수와 동갑이었지만 행동은 훨씬 어른스러웠다. 희수가 영주보다 키도 덩치도 컸음에도 함께 나가면 다들 영주가 언니냐고 물어볼 정도였다. 영주가 희수보다 몇 개월 일찍 태어났으니 언니가 맞긴 했다. 그런데 가끔은 어른스럽다 못해 팔십 먹은 노파 같기도, 어쩔 땐 사람이 아니라 방에 있는 가구처럼 느껴질 때도 있었다.

숨은 쉬고 있는 건가. 희수는 가끔 잠든 영주의 코 아래에 손가락을 대보았다. 걱정보다는 호기심이었다. 엎혀사는 처지 때문인지 숨소리마저 작았다. 영주는 자신에겐 고모이자 희수의 엄마가 대놓고 구박해도 기분 나쁜 티를 내지도 않았다. 그럴수록 엄마는 영주를 질려 했다.

"자기 엄마 닮아서 그런지 애가 기분 나쁜 구석이 있어."

희수는 엄마가 영주를 미워하는 진짜 이유를 알고 있었다. 영주가 집에 온 지 한 달이 채 되지 않았을 때다. 엄마는 희수가 한창 공부해야 할 시기에 영주와 한방을 쓰는 걸 못마땅하게 여겨 영주를 보육 시설로 보내자고 남편을 설득 중이었다.

어느 날 아침 식사 자리에서 잠이 덜 깬 영주가 꿈 이야기를 했다. 품에 거대한 잉어가 들어왔는데 비늘이 손바닥만 했다고. 영주는 평소와 다른 사람 같았다. 먼저 말을 꺼내는 경우는 거의 없었기에 희수도 의아했다. 잠이 덜 깨서 저러나, 원래 수다스러운데 안 그런 척했던 건가. 흥분한 영주가 불쑥 말을 꺼냈다.

"태몽 같은데."

순간 희수는 엄마의 안색이 변하는 걸 목격했다. 엄마는 아빠 눈치를 보더니 기분 나쁜 듯 언성을 높였다.

"아침부터 재수 없게. 이 집에 임신할 사람이 누가 있다고."

영주는 입을 꾹 닫았다. 희수의 기억에 영주는 그 후 두 번 다시 꿈 이야기를 꺼내지 않았다. 대신 팔에는 언제나 피멍이 맺혀 있었다. 그토록 엄마의 심기를 건드리지 않으려고 했음에도 엄마는 영주의 모든 말에 트집을 잡았다. 누굴 닮아서 저런지. 영주의 엄마를 대놓고 '그 여자'라고 부르며 험담해댔다. 희수는 영주가 안쓰러운 한편 무섭기도 했다. 그즈음 엄마는 진짜 임신 중이었기 때문이다.

상대는 동대표 아저씨였다. 가족 중 희수만이 이 사실을 알았다. 3년 전 즈음 엄마의 휴대폰에 '부녀회장'으로 저장된 상대가 그라는 걸 알고 나서부터였다. 어느 날 화장실 휴지통에서 두 줄짜리 임신 테스트기를 발견했다. 처음엔 영주를 의심했다. 그러나 영주의 꿈 이야기에 엄마의 안색이 변하는 걸 보고 비로소 진실을 깨달았다. 엄마가 부녀회장과 1박 2일로 단풍놀이를 다녀온 지 한 달 뒤 벌어진 일이었다.

며칠 후, 엄마는 체했다는 핑계로 일주일간 누워만 있었다. 영주는 다 안다는 듯 엄마가 좋아하는 제주도식 미역국을 끓여 왔다. 영주 엄마가 종종 만들던 음식이었다. 희수는 아직도 그때의 영주 얼굴을 기억한다. 엄마를 걱정하는 것 같기도, 협박하는 것 같기도 했다.

그 일 덕분인지 영주는 보육 시설 대신 희수 집에서 계속 살게 되었다. 엄마는 결국 부녀회장과 헤어졌다. 한밤중에 몰래 그의 차를 긁어 놓은 걸 보아 이별의 원인이 엄마에게 있는 건 아닌 듯했다. 엄마는 그 일 이후 희수에게 신신당부했다.

"희수야, 그 여자 절대 믿지 마라."

그 여자가 영주인지 영주 엄마인지는 알 수 없었다. 그때만 해도 희수는 영주에게 악의가 없었다. 침대 모서리에 부딪혀 좀 다쳤다고 침대에 악의를 가지진 않으니까. 직접 겪기 전까진 그렇게 믿었다.

두 사람이 열아홉이 되던 해 초여름이었다. 희수는 전국체전을 앞두고 있었다. 초등학생 때부터 유도 유망주였던 희수는 이번 체전만 잘 치르면 국가대표도 노려볼 만했다. 정말이지 중요한 시기였다. 수능을 앞둔 영주도 마찬가지였다. 둘은 같은 방을 써도 거의 말을 섞지 않았다. 무관심은 서로에 대한 최선의 배려이기도 했다.

토요일 아침, 영주가 집을 나가려는 희수를 불러 세웠다.

"희수야."

희수는 내심 놀랐다. 영주에게 그 이름으로 불린 게 얼마 만인지. 사실 희수는 자기 이름을 좋아하지 않았다. 친구들에게도 주로 별명으로 불렸다. 눈치 빠른 영주는 희수의 이름을 부르는 대신 어깨를 톡톡 치거나 빤히 쳐다보곤 했다. 그럴 때면 이름이 '희주'가 아닌 데 감사했다. 희주와 영주라니. 영주와 자매로 보이는 건 상상만으로도 끔찍한 일이었다.

"응? 왜…?"

"오늘은 그 옷 말고 내 청바지 입고 가."

영주가 말하는 건 자신의 유일한 청바지였다. 대회 준비로 평소보다 체중이 불어 희수에겐 맞지도 않을 옷이었다.

옷이야 욱여넣는다고 해도 엄마가 알면 날뛸 게 뻔했다. 엄마는 희수가 바지를 입고 다니는 꼴을 못 봤다. 운동부가 체육복 차림으로 등하교하는 건 학교 주임도 봐주었는데 엄마는 강경했다. 엄마는 반드시 치마를 입힘으로써 희수가 여자라는 걸 알리고 싶어 했다. 긴 머리카락에 집착하는 것도 같은 이유였다. 희수로서는 내키지 않았지만 어쩔 수 없었다. 이름도 교복도 머리카락도 애초에 자신이 만든 게 아니었으니 엄마 말을 따를 수밖에. 그날도 희수는 교복 치마 차림이었다.

"뭔 소리야. 더워 죽겠는데."

희수가 무시하고 나가려는데 영주가 벌떡 일어나더니 앞을 막아섰다. 이번엔 바지를 아예 희수 앞에 내밀었다. 갈 아입지 않으면 방에서 한 발자국도 못 나간다는 듯 단호한 표정이었다.

그때의 영주는 몇 년 전 엄마에게 미역국을 끓여 줄 때 와 비슷한 얼굴을 하고 있었다. 희수를 협박하는 것 같기도, 걱정하는 것 같기도 했다.

희수가 당황한 채 가만히 서 있자 영주가 가까이 다가 왔다. 그러더니 희수의 귀에 대고 나지막이 속삭였다.

"네 꿈을 꿨어."

희수는 잠깐 사이 정신이 아득해졌다. 그리고 뭔가에 홀린 듯 청바지로 갈아입었다.

그날 저녁, 희수는 그 바지를 벗기려는 코치를 간신히 뿌리치고 집으로 돌아왔다. 청바지가 너무 꽉 끼어 잘 벗겨 지지 않았다. 얼굴은 잔뜩 부어오르고 군데군데 멍이 들었 다. 대회 참가에는 이상이 없을 정도였지만 문제는 마음이 었다. 코치를 마주하는 일이 힘들었다.

유도부 동기 하나가 코치에게 희수가 그를 좋아한다는

식으로 말했단 사실은 나중에야 알았다. 희수가 그의 저돌적인 고백을 기다린다면서. 처음에는 자신을 시기해서 한 거짓말인 줄 알았는데 아니었다. 같은 반인 영주에게서 들었다고 항변했기 때문이다.

희수는 배신감에 휩싸였다. 영주는 희수에게 무슨 일이 벌어질지 다 알고 있던 게 분명했다. 동시에 혼란스러웠다. 희수가 코치에게 해코지당하길 바랐다면 가만히 있어야 했던 거 아닌가. 왜 바지를 입으라고 했을까.

희수는 대회 준비 내내 집중하지 못했고 결국 전국체전 선발전에서 탈락하고 말았다. 반평생을 바친 유도의 길은 그렇게 무너졌다.

희수는 그제야 깨달았다. 그날 코치에게 당했든 아니든 결과는 같았다. 희수는 인생의 전부인 유도를 잃는다. 영주는 이걸 바랐던 것이다. 믿을 수가 없었다. 살면서 이 정도로 끔찍한 악의를 가진 사람을 본 적이 있었나. 엄마가 믿지 말라고 했던 그 여자는 영주의 엄마가 아니라 영주였다.

"너, 마녀 같아."

희수가 영주에게 한 마지막 말이었다. 두 사람은 이후로도 같은 방을 썼지만 희수는 영주를 투명 인간으로 취급했다. 몇 달 뒤, 영주는 수능을 치자마자 집을 나갔다. 희수

역시 대학에 입학하자마자 집을 떠났다. 다른 사람으로 살고 싶어 머리도 짧게 자르고 이름도 바꿨다. 엄마는 자기가 지어 준 이름을 버렸다는 이유로 몇 달이나 딸의 전화를 받지 않았었다.

그럼에도 가슴에는 이름 모를 분노가 쌓여 갔다. 그걸 표출할 곳이 필요해 형사가 되었는지도 모른다. 서형사는 나쁜 놈들을 잡을 때마다 영주를 떠올렸다.

나한테 왜 그랬을까.

범죄자들에게 물으면 늘 똑같이 대답한다. 그럴 의도가 아니었다. 어쩌다 보니 일이 그렇게 되었다. 서형사가 보기엔 다 거짓말이었다. 이유 없이 남을 갖고 노는 사람들이 있다. 영주가 자신에게 그랬듯.

서형사는 세신사가 보낸 사진을 한참 바라보다 삭제 버튼을 눌렀다. 여기까지 하자. 그동안 영주를 기억에서 지우려고 치열하게 노력했었는데 이렇게 또다시 얽히긴 싫었다.

'정말 사진을 삭제하시겠습니까?'

서형사가 다시 한번 '네'를 누르려던 순간이었다. 정약사에게 전화가 왔다. 드디어 갈색 병의 분석 결과가 나온 듯했다.

"뭐가 좀 나왔나요?"

서형사의 다급한 질문에 정약사는 잠시 뜸을 들이더니 말을 꺼냈다.

"일종의 독이에요. 그것도 아주 위험한."

날 망가뜨린 사람이 위험하다. 서형사는 기묘한 기분에 휩싸였다.

18

영주는 눈앞의 광경을 믿을 수 없었다.

방문 위에 달린 건 짚으로 새끼줄을 꼬아 만든 금줄이었다. 새끼줄 중간에는 딸을 상징하는 솔가지와 숯덩이가 보였다. 친정엄마가 보호하려는 대상이 선호가 아니라 자신이라는 의미였다. 서른여섯인 영주가 방금 태어나기라도 한 것처럼.

그뿐만이 아니었다. 벽 곳곳에는 온갖 부적이 덕지덕지 붙어 있었다. 친정엄마는 손가락만 한 나무토막과 마른 약초를 명주실로 동여맨 뒤 불을 붙여 집 곳곳을 돌아다녔다. 연기가 온 집 안을 가득 채우더니 쓰레기를 태울 때 나는 냄새가 진동하기 시작했다. 정화 의식처럼도 보였다.

친정엄마는 며칠간이나 이 의식을 반복했고, 선호가 또다시 영주의 치마에 들어가는지 병적으로 감시했다. 그러고는 충격적인 말을 내뱉었다.

"선호한테 나쁜 게 들러붙었어."

"그게 무슨 소리예요?!"

"지금 안 쫓으면 너랑 네 아들, 둘 중 하나가 죽을 거야."

언제는 방에 함부로 남자를 들이지 말라더니 이제는 둘 중 하나가 죽는다니. 영주는 경악한 나머지 말문이 막혔다. 친정엄마는 영주의 반응에도 아랑곳하지 않고 진심으로 걱정하듯 영주의 두 손을 꼭 잡았다.

"괜찮아. 엄마가 다 해결해 줄 테니까."

그러더니 주문을 외듯 중얼거리며 집을 돌아다녔다. 친정엄마는 완전 다른 사람이 되어 있었다. 겉모습도 그랬다. 다정한 할머니 같은 모습은 온데간데없고 20년 만에 봤을 때처럼 새빨간 입술에 개량 한복 차림의 그 여자로 돌아가 있었다.

영주는 출근길에 아파트 주인에게 다급히 연락했다.

"전세 내놓은 거 취소하고 싶어서요."

"어쩌지. 집이 벌써 나갔는데."

지금까지는 영주의 마음만 지옥 같았는데 어느새 집 전체가 지옥이 되어 버렸다. 주로 선호 방 앞에서 실랑이가 벌어졌다. 오늘도 퇴근한 영주가 선호를 자신의 방에서 재우려는데 친정엄마가 영주를 막아섰다. 친정엄마는 선호를 붙들고 놓아주지 않았다. 어찌나 세게 잡았는지 선호의 손목에 선명한 손자국이 생겼다. 영주는 끝끝내 선호를 뺏어와 방문을 잠갔다. 친정엄마는 분한 듯 한참을 문 앞에서 서성거렸다.

그날 새벽이었다. 선호를 꼭 껴안고 자던 영주가 창밖을 보니 나무 밑에 친정엄마가 쪼그려 앉아 있었다. 금줄에, 부적에, 연기까지 피우더니 또 무슨 일을 벌이려는 건지. 친정엄마가 안방으로 돌아가자마자 영주는 살며시 마당으로 나갔다.

나무 앞에는 땅을 판 흔적이 있었다. 구멍을 팠다가 다시 메꾼 듯 그 부분만 색깔이 달랐다. 영주는 옆에 있던 호미로 그곳을 파기 시작했다.

한참 파다 보니 호미 끝으로 뭔가 뭉툭한 게 걸렸다. 살짝 손을 집어넣어 더듬으니 손가락 두께의 긴 뿌리가 여러

갈래였다. 나무뿌리 같기도 하고 덩어리가 만져지는 걸 보니 고구마 같기도 한데….

사람의 손이었다. 여섯 개의 손가락이 주먹을 꽉 쥐고 있었다.

"꺅!"

영주는 혼비백산 도망치다 멈춰 섰다. 방금 여섯 개의 손가락 사이로 노란색의 뭔가가 보였다. 영주는 지난 악몽에서 봤던 노란색 편지지를 떠올렸다.

'꿈속이구나!'

영주는 용기를 내 바닥에 떨어진 손을 주워 들었다. 이제 어떻게 해야 하지. 그러다 선호의 말이 떠올랐다.

'그냥 많이 죽으면 돼. 죽을 때마다 왜 죽었는지 기억했다가 다시 시작하면 다 깰 수 있어.'

영주는 지난 악몽을 끄집어냈다. 내가 왜 죽었더라. 기억을 복기하다 보니 이상한 점이 있었다. 그때 편지를 발견하고 자장가를 따라가 지푸라기 인형까지 발견했었다. 한데 왜 다시 편지에서 시작하는 걸까. 게임으로 치면 앞 단계로 돌아온 셈이었다. 이유가 뭘까. 편지는 봤었는데… 확실, 한가…?

영주는 그제야 자신이 착각했음을 알았다. 편지를 발견

하긴 했지만 내용을 읽진 못했다! 그걸 방해했던 게 자장가였다. 자장가를 없애면 이 게임이 끝난다고 생각했는데 아니었다. 자장가는 미끼였다. 편지를 봐야만 악몽이 끝난다.

'떨어진 자물쇠, 열린 문, 편지, 노란색 편지지, 그다음은?'

영주는 힘을 줘 강제로 손가락들을 펴는 대신 부드럽게 감싸 쥐었다. 여섯 개의 손가락은 가늘고 부드러워 꼭 아이의 손 같았다. 정원에게 그랬듯 영주는 손의 주인에게 마음속으로 말을 걸었다.

'나한테 무슨 말이 하고 싶은 거니.'

그러자 두 손이 따뜻해지는 듯했다. 곧이어 손가락이 열리면서 단단히 쥐고 있던 노란색 편지지가 바닥에 떨어졌다. 영주가 편지지를 향해 손을 뻗는 순간, 예상대로 기괴한 자장가가 들려왔다. 어떻게든 영주가 편지를 보지 못하게 막으려는 것 같았다.

영주는 그때처럼 귀를 막았다. 두 손으로 귀를 막으면 편지를 펼칠 수가 없는데. 갈팡질팡하는 사이 잠에서 깨어나기라도 하면 영영 편지를 볼 기회를 놓친다. 영주는 떨어진 편지 앞에 엎드렸다. 그리고 한 손을 귀에서 떼고는 편지를 향해 필사적으로 뻗었다. 깊은 잠에 빠져들기 직전, 남은 힘을 쥐어짜 구겨진 편지를 펼쳤다. 딱 한 문장이 적혀 있었다.

꿈에서 깨니 영주는 편지 대신 선호의 손을 꼭 잡고 있었다. 조심스럽게 선호의 손을 빼고 방을 나왔다. 옆방은 여전히 자물쇠로 잠겨 있었다.

'날 여기서 꺼내 줘.'

꿈속 편지엔 그렇게 적혀 있었다. 영주가 생각하기에 '여기'는 이 방 같았다. 항상 잠겨 있는 방. 유난히 볕이 들지 않아 언제나 그림자가 지는 방. 어느새 10월이었다. 세 달 전, 20여 년 만에 이 집을 찾았을 때 자신을 압도했던 거대한 암흑이 떠올랐다. 그 암흑 속에 갇혀 영주에게 꺼내 달라고 메시지를 보내는 아이는 대체 누굴까. 영주는 가만히 눈을 감고 방문 너머를 상상해 봤다.

기억이 났다. 예전에 이 방은 손님방이었다. 의사였던 아빠는 독실한 기독교 신자였다. 영주 가족은 교회에서 여는 자선행사에 언제나 적극 동참했다. 그래서 교통사고로 부모를 잃은 아이나 병원비가 없어 쫓겨난 환자가 가끔 집에 머물렀다. 이 방은 그런 이들을 위한 방이었다. 사람들은 아빠를 천사라고 불렀지만 엄마는 남편을 탐탁지 않게 여겼다. 그들의 식사와 잔심부름이 몽땅 자신의 몫이었기 때문이다.

반면 영주는 늘 바쁜 아빠의 관심을 조금이라도 더 받고 싶어 방에 머무는 환자들과도 잘 어울렸었다. 손님방 벽에는 병실처럼 히포크라테스 선서문이 걸려 있었다. 덕분에 영주는 간호사가 되기 전에 이미 선서문을 다 외우고 있었다.

퍼즐이 점점 맞춰지는 것 같았다. 그동안 이 방의 존재를 까맣게 잊고 있었기에 전 집주인만 생각했었는데 그게 아니었다. 예전에 이 방에 머물렀던 손님, 그 아이 때문이었다. 영주에게 편지를 줬던 여섯 개 손가락의 주인이기도 했다. 어쩌면 나무에서 떨어졌던 꿈의 주인일 수도.

작년 즈음, 집이 하도 팔리지 않자 고모가 집에 무당을 데려온 적이 있었다고 소연 엄마가 말한 적이 있다. 소연 엄마는 엿들은 게 아니라 마당에 있다가 선호가 다쳤던 개구멍을 통해 우연히 들은 거라며 강조했다.

"다른 건 못 들었는데, 마당에 있는 나무는 절대 건들지 말라고 했어요. 부정 탄다고."

그럼 모든 게 맞아떨어진다. 그 아이가 영주 집에 머물 때 어떤 사고를 당했고, 그때의 원한이 남아 이 집이 지옥이 되어 버린 거다.

다만 아이의 원한이 누굴 망치고 있는지는 알 수 없었다.

미끄럼틀에서 친구를 밀고도 죄책감을 느끼지 못하는 선호인지, 집에 금줄을 치고 손자를 병적으로 감시하는 친정엄마인지, 아니면 꿈에서 본 사진 때문에 친정엄마를 아동학대범으로 의심한 영주인지.

셋 중 미친 게 누구이든 귀신에 씐 거라면 차라리 다행이었다. 귀신의 원한만 풀어 주면 정상으로 돌아올테니.

방으로 돌아간 영주는 어둠 속에서 낯선 인기척을 느꼈다. 가위를 든 누군가가 잠든 선호 앞에 서 있었다. 친정엄마였다. 언제는 죽은 피를 빼야 한다며 침을 들고 설치더니 한밤중에 기어이 가위까지 들고 찾아오다니. 역시 친정엄마에게 뭔가가 씐 게 아닐까. 영주가 비명을 지르려 하자 친정엄마가 영주의 입술에 손을 갖다 댔다.

"쉿!"

친정엄마는 영주를 보며 천천히 고개를 끄덕였다. 해치지 않으니 안심하라는 뜻 같았다. 고민 끝에 영주가 허락하자 친정엄마는 가위로 선호의 팔에 둘러진 붕대를 조심스레 잘랐다. 상처는 더 곪아 있었다. 친정엄마는 깨끗한 거즈로 상처 주변을 닦아 낸 뒤 유리 단지에 담긴 고약을 덜어 살살 펴 발랐다. 영주가 계단에서 다쳤을 때 찬장에서 꺼내 왔던 약이었다. 고약을 다 바르고는 천천히 새 붕대를 감았다. 선호가 깨지 않도록 조심스러운 움직임이었다. 친정엄마는 마지막으로 잠든 선호 귀에다 뭔가를 속삭였다.

다음 날, 놀라운 일이 벌어졌다.

한동안 낫지 않던 선호의 상처가 하룻밤 만에 눈에 띄게 나아졌다. 영주는 혼란스러웠다. 이것도 귀신의 능력일까.

이른 점심을 먹고 출근하려는 영주를 친정엄마가 불렀다. 친정엄마는 진지한 얼굴로 식탁 앞에 앉아 있었다. 어느 때보다 차분한 모습이었다.

"선호가 자기 침대 밑에 숨겨 두었더라."

친정엄마가 꺼낸 건 망치였다.

"그게 무슨…?"

"내 말 잘 듣거라, 영주야."

친정엄마는 그간 선호를 지켜보며 겪은 일들을 하나하나 털어놓았다. 영주가 어린이집 선생님과 시터 이모님들에게 들었던 내용과 거의 비슷했다. 한마디로 '선호에게 문제가 있다'. 마지막에는 말도 안 되는 주장을 했다. 선호가 망치를 사용해 일부러 계단 손잡이 못을 뽑아 둔 것 같다고.

영주는 가만히 듣고만 있을 수 없었다.

"내 아들을 문제아 취급하는 사람이랑은 같이 못 살아요!"

영주가 자리를 박차고 나가려고 하자 친정엄마가 따라왔다.

"선호가 지금 어떻든 그건 중요하지 않아. 중요한 건, 바뀔 수 있다는 거야."

영주가 뒤돌아보니 친정엄마는 영주만큼이나 절박한 눈빛이었다.

"네 아들, 다시 태어날 수 있다고. 네가 바라는 게 그거잖니."

영주의 두 뺨에서 굵은 눈물이 흘러내렸다. 친정엄마는 영주의 두 손을 꼭 잡았다.

"딱 삼칠일이면 돼. 엄마 한번 믿어 줘."

영주는 혼란스러웠다. 하룻밤 만에 선호 상처가 눈에 띄게 좋아진 걸 보면 친정엄마의 말이 완전 거짓말은 아닌 것 같았다. 그게 미신인지, 귀신의 능력인지는 알 수 없지만.

영주는 선호에게 문제가 있다고 했던 모든 사람을 떠올렸다. 그들과 달리 친정엄마는 선호가 변할 수 있다고 굳게 믿고 있었다. 지금 영주가 붙잡을 수 있는 단 하나의 동아줄은 그 믿음이었다. 영주는 한 달 후, 시험을 마칠 때까지만 친정엄마의 말을 따르자고 자신을 설득했다.

"알았어요. 믿을게요."

그날부터 친정엄마는 매일 밤 침통을 들고 선호 방으로 들어갔다. 선호의 울음소리가 들릴 때마다 영주는 방에서 귀마개로 귀를 틀어막았다. 집에서 벌어지는 일은 전부 친정엄마에게 미룬 채 공부에만 매진했다.

그러나 문제집은 며칠째 같은 페이지에 멈춰 있었다.

19

막다른집

　서형사는 영주가 일한다는 병원으로 향했다. 막상 도착
해 놓고도 차에서 내리기까지 한참을 망설였다. 그 사람을
다시 보게 될 줄은 몰랐다. 언젠가 만난다면 꼭 묻고 싶은
게 있었지만 당장은 상황이 급했다. 내 인생을 망친 사람이
라도 끔찍한 범죄의 피해자가 될 수 있다면 그게 우선이었
다. 지금은 서희수가 아니라 서윤성 형사니까.

　두 사람은 병원 라운지에 있는 테이블에 마주 보고 앉
았다. 영주는 많이 놀란 것 같았지만 곧 원래 표정으로 돌아

갔다. 서형사는 새삼 영주가 그대로라고 생각했다. 20년 전 헤어졌던 엄마와 한집에 살면서 여러 가지 힘든 점이 있을 텐데 전혀 티 나지 않았다. 아니면 정말로 괜찮은 건가.

"잘 어울려. 간호사."

"너도. 그렇지만 경찰이 될 줄은 몰랐는데."

"뭐가 될 줄 알았는데?"

"글쎄. 그냥 너?"

"지금도 나야."

"그때는 윤성이 아니라 희수였으니까."

그 말에 서형사의 마음이 차게 식었다. 내가 누구 때문에 그 이름을 버렸는데. 이대로 일어설까 했지만 여기까지 온 이상 경고 정도는 해야겠다 싶어 서둘렀다.

"시간이 별로 없어서 빨리 말할게."

"그 전에 뭐 하나 물어봐도 될까?"

영주의 예상치 못한 반응에 서형사는 당황했다.

"나, 나한테?"

"응. 널 만나면 물어보고 싶은 게 있었어."

영주가 자신에게 뭔가 궁금해한 적이 있었나. 서형사는 의아해하면서도 고개를 끄덕였다.

"예전 파주 집 마당에 큰 나무 있었잖아. 기억나?"

"기억나지."

"내가 그 집에 있을 때의 기억이 거의 없거든."

영주는 망설이다가 겨우 본론을 꺼냈다.

"내가 그 나무에 올라갔다가 떨어진 적이 있었어?"

서형사는 대답 없이 영주를 빤히 쳐다봤다. 그러자 영주가 대수롭지 않은 듯 말했다.

"괜찮아. 그땐 같이 산 게 아니었으니까 너도 잘 모르겠지."

"그게… 기억이 안 나?"

1996년 3월 19일. 영주의 일곱 번째 생일 다음 날이었다. 서형사, 아니 희수는 자기 생일도 아닌 그날을 생생하게 기억했다.

희수네와 영주네는 동네도 같고 그만큼 왕래도 잦았었다. 그때는 화목한 가족이라고 여겼는데 실은 의료기기 판매업을 하던 희수 아빠가 의사였던 영주 아빠에게 영업하려고 부단히 노력한 덕분이었다. 영주 아빠는 발도 넓고 사람이 많이 따르는 편이라 희수 아빠는 어떻게든 그를 포섭하려고 했다.

희수는 어제 한바탕 생일파티를 하고 이 층 손님방에서

잠들었다. 그리고 아침에 우당탕거리는 소리에 눈을 떴다. 창문으로 보니 영주가 나무를 향해 달려가고 있었다. 초봄이라 날이 꽤 추웠는데도 영주는 얇은 잠옷 바람이었다. 달리기 경주라도 나간 듯 사력을 다해 뛰는 모양새였다.

"와, 달리기 잘하네! 근데 내가 더 빠를걸?"

희수가 따라 나갔을 때 영주는 이미 나무 위로 올라가고 있었다. 거친 나무껍질과 뾰족한 이파리에 피부가 쓸려도 신경 쓰지 않는 것 같았다. 일곱 살짜리 여자아이가 무슨 힘이었는지 어느새 어른 키보다 훌쩍 높은 곳에 다다랐다. 희수도 그제야 경쟁심을 내려놓고 걱정스레 영주를 올려다봤다.

"영주야! 위험하니까 내려와!"

영주의 부모는 물론이고 희수네 가족도 말렸지만 영주는 아무것도 들리지 않는 듯 하늘만 바라봤다. 뭔가에 홀린 것 같기도, 잠에서 덜 깬 것 같기도 했다. 희수의 엄마는 연신 아멘을 외치며 성호를 그었다.

영주는 그렇게 30분이나 나무에 매달려 있다가 어른들이 사다리를 가져오자 힘이 빠진 듯 바닥으로 추락했다. 떨어지지 않으려 어찌나 용을 썼는지 입술이 터져 피로 범벅이 되었다. 그때 영주는 희수만 겨우 알아들을 정도로 작게 중얼거렸다.

"새가 되고 싶어."

말을 마친 서형사는 영주의 안색을 살폈다. 영주는 굳어 버린 듯 대답이 없었다. 다들 쉬쉬했기 때문에 기억을 못 할 수도 있겠다 싶었다.

한동안 말이 없던 영주가 갑자기 일어서더니 말했다.

"미안한데, 내가 급한 일이 생겨서."

영주는 빠르게 엘리베이터 쪽으로 걸어갔다. 영주를 찾으러 왔던 다른 간호사가 다급히 따라갔다.

"김간, 어디 가! 수술 준비해야지."

영주는 그대로 엘리베이터 닫힘 버튼을 눌렀다. 당황한 서형사는 벙찐 얼굴로 서 있는 간호사에게 물었다.

"김영주 선생님 번호를 알 수 있을까요?"

"관계가 어떻게 되는데요?"

"…사촌 동생이에요."

영주는 엘리베이터에서 내리자마자 뛰기 시작했다. 목적지도 없었다. 휴대폰이 울렸지만 꺼 버렸다. 아무 생각 없이 무작정 뛰었다.

어릴 때부터 달리기에는 젬병이라고 생각했다. 아무리

먼저 출발해도 곧 따라잡혔다. 조금만 달려도 목구멍에서 피비린내가 올라오곤 했다. 그런데 지금은 피 맛이 나지 않았다. 지금 보니 달리기를 못하는 게 아니었다.

영주는 깨달았다. 자신은 달리는 게 아니라 도망치고 있었다. 그때부터 지금까지 평생 누군가로부터 도망치는 중이다. 예전에 나무에서 떨어졌던 건 집에 잠시 머물던 아이가 아니었다. 계단에서 추락한 것도 선호가 아니었다.

모두 어린 영주였다. 그리고 영주를 그렇게 만든 건 영주의 엄마, 그 여자였다.

3부

마녀와 나

20

"손님들 다 갔으니까 말해 봐. 왜 그런 짓을 한 건지."

미간을 잔뜩 찡그린 아빠가 물었다. 일곱 살 영주는 다 터진 입술을 잘근잘근 씹으며 부엌에 있는 엄마 눈치를 봤다. 요리하느라 바빠 보였지만 엄마의 온 신경은 거실로 쏠려 있었다.

"또 그놈의 꿈이라도 꾼 거니?"

아빠의 계속되는 추궁에 영주가 마지못해 입을 떼려고 하자 엄마가 득달같이 달려와 영주 앞을 가로막았다.

"기억이 안 난다잖아요. 애가 잠이 덜 깨서 그랬겠죠."

"자그마치 30분이야!"

아빠는 엄마에게 약통 하나를 내밀었다.

"정신과 의사에게 부탁해서 급히 받아 온 약이야. 몽유병에 좋다고."

"의사가 뭘 알겠어요. 애가 며칠 잠을 설쳐서 그런 거니까…."

"당신 남편이 의사야. 뭘 아냐니!"

아빠가 벌컥 소리 지르자 엄마가 눈치를 살피며 말했다.

"그런 게 아니라, 영주를 보지도 않고 약을 처방했다니까 좀 불안해서요."

"그럼, 애를 정신과에 보내? 내 딸인 거 뻔히 아는데."

엄마는 남편이 뭘 두려워하는지 간파하고 바로 태세를 전환했다.

"제 생각이 짧았어요. 당신이 영주 생각해서 힘들게 가져온 건데."

그러더니 얼른 약통을 챙기고 살갑게 남편의 오른쪽 어깨를 주무르기 시작했다.

"어깨 뭉친 것 좀 봐. 어제 수술하느라 힘들었죠."

영주가 엄마를 보조하듯 아빠의 왼쪽 어깨를 맡아 주물

렀다. 모녀의 행동은 익숙해 보였다. 여우 같은 아내와 토끼 같은 딸의 안마를 받은 아빠는 이번에도 화를 누그러뜨렸다. 기회를 틈타 엄마가 조심스레 말을 얹었다.

"여보, 영주가 날 닮았나 봐요. 저도 어릴 때 그랬거든요. 자다가 가위도 눌리고, 울기도 많이 했는데 크면서 다 사라지더라고요. 당신 신경 안 쓰이게 제가 알아서 잘할게요. 네?"

"다 큰 여자애가 나무에 올라가는 거 보기 안 좋아. 당신이 더 신경 쓰라고."

"그럼요. 앞으로 이런 일 절대 없어요."

아빠가 마지못해 넘어가자 엄마는 영주를 방으로 데려가 신신당부했다.

"엄마 말 잘 들어. 그날 일은 비밀이야. 아무한테도 말하면 안 돼."

"왜…?"

"왜냐하면…. 그런 일은 없었으니까."

일곱 살 영주는 생각했다. 어른들은 왜 이렇게 비밀을 좋아하는 걸까.

엄마는 영주를 침대에 눕힌 뒤 작은 갈색 병과 물잔이 든 쟁반을 가져왔다. 아빠가 준 약은 변기에 쏟아 버린 뒤였다. 영주는 엄마가 시키는 대로 단숨에 물잔을 비우고 침대에 누웠다. 이상하게 졸음이 파도처럼 밀려왔다.

엄마는 나지막이 자장가를 불렀다. 영주가 눈을 가물거리자 영주의 귀에 대고 알 수 없는 말을 주문처럼 속삭였다. 그러자 놀라운 일이 벌어졌다. 다음 날 잠에서 깬 영주는 자신이 어제 왜 나무에 올라갔는지, 왜 새가 되고 싶었는지 기억하지 못했다. 누구도 그날 일을 언급하지 않았기 때문에 영주에게는 '어릴 때 나무에서 떨어진 적이 있었던 것 같은데…' 정도의 어렴풋한 기억으로만 남았다. 엄마 말대로 없었던 일이 된 것이다.

어느새 영주는 열네 살이 되었다. 그 뒤로 나무는커녕 높은 데 올라간 적도 없었다. 땅에서 조금이라도 떨어지면 식은땀이 났다. 특히 방으로 가는 이 층 계단은 유난히 가팔라서 무서웠다. 아빠가 영주를 위해 직접 손잡이를 수리했지만 계단 앞에 설 때마다 긴장되는 건 마찬가지였다.

어느 날 밤, 잠들었던 영주가 갈증에 눈을 떴다. 요 며칠 심한 감기로 입이 바짝 말라 있었다. 물을 마시려고 방에서 나와 막 계단을 내려가려던 참이었다.

"영주야."

계단 아래가 아닌 뒤쪽에서 엄마 목소리가 들렸다.

'이 시간에 엄마가 왜…?'

의아함도 잠시, 반가운 마음에 영주는 웃으며 뒤를 돌아봤다. 눈 깜짝할 새 그 일이 벌어졌다.

엄마가 딸을 계단 아래로 밀쳤다. 그야말로 가차 없는 손길이었다. 열네 살 영주의 몸은 곧바로 균형을 잃고 맥없이 계단 쪽으로 기울어졌다. 영주는 천장 몰딩이 45도로 보일 때까지도 무슨 상황인지 알 수 없었다. 실수였겠지. 일부러일 리가. 그래서 영주는 자신을 밀친 엄마에게 도와 달라고 손을 뻗었다.

본능에서 나온 행동이었다. 위급한 상황에서는 모두가 무의식적으로 엄마를 찾는다. 그래, 모두는 아니지. 영주의 학교 원어민 강사는 뜨거운 커피를 쏟고는 'Oh, my god'이라고 했었다. 왜 엄마 대신 신을 찾을까. 엄마가 없는 걸까. 영주는 그를 조금 불쌍히 여겼었다.

다행히 영주에겐 엄마가 있었다. 그러나 엄마는 추락하는 딸을 계단 위에서 가만히 보고 있었다. 이 순간을 기다려 왔다는 듯이.

영주의 손은 엄마에게 닿지 못한 채 허공에서 잠시 허우적거렸다. 그리고 순식간에 계단 아래로 추락했다. 허벅지 어딘가가 계단 모서리에 부딪혀 찍혔는지 입고 있던 옷은 피로 젖어 버렸다. 영주는 다친 곳보다 엄마가 밀쳤던 어깨가 더 고통스러웠다.

'왜…?'

그 여자는 천천히 계단 아래로 내려오더니 쓰러진 딸을 힐끗 내려다봤다. 그러고는 영주의 옷을 들추었다. 피 묻은 옷을 빨 생각에 귀찮은 표정이었다. 영주는 그 여자를 올려다봤다. 눈앞의 여자는 자신이 알던 엄마가 아니었다.

'내가 잘못 본 걸까? 엄마가 그럴 리가…'

그때 계단 위쪽에서 인기척이 들렸다. 아빠일까. 집에 묵고 있는 손님인지도. 영주는 힘겹게 목소리를 쥐어짰다.

"저기…. 헙!"

그 여자가 재빨리 영주의 입을 막았다. 무지막지한 손아귀에서 영주는 왠지 모를 살의를 느꼈다. 계단 위가 잠잠해지자 귓가에 자장가가 들려왔다. 영주는 주술에 걸린 듯 정신이 아득해졌다. 곧 정신을 잃고 깊은 잠에 빠져들었다.

다음 날 영주는 그 여자가 자신을 죽이려고 했다는 사실을 잊었다. 일곱 살 때와 비슷한 상황이었다. 처음엔 생생한 악몽이라 여겼다가 그조차 희미해져 마침내 없었던 일이 되었다. 영주는 자신을 죽이려 했던 그 여자를 여전히 엄마라고 불렀다.

그럴 때마다 뾰족한 바늘이 몸 어딘가를 찌르는 듯한 고통이 느껴졌다. 계속 같은 곳을 찌르니 그곳엔 커다란 구멍이 생겼다. 대학에 가고, 취업하고, 연애하고, 결혼하고, 아이를 낳아도 구멍은 채워지지 않았다. 심지어 그 구멍으로 다른 사람들의 꿈이 침범해 와서는 밤낮으로 영주를 괴롭혔다.

"죽더라도 청력은 조금 더 살아 있을 수 있어요. 오감 중 가장 생명력이 질기죠."

어느 법의학자의 말이었다. 그에 따르면 청력을 담당하는 관자엽 쪽은 죽은 뒤에도 잠시 살아 있다고 했다. 그러니 생의 마지막 순간에 울지만 말고 귓가에 대고 사랑한다고 전하라고. 매일 시체를 부검해야 하는 사람의 말치곤 꽤 감성적이어서 서형사는 기억하고 있었다.

희수로 사는 삶에서의 마지막 기억도 청력과 관련 있었다. 네 꿈을 꿨다고 속삭이던 영주의 목소리.

이후 영주의 말은 거대한 암시처럼 그의 인생을 지배했다. 그날 서형사가 바지가 아닌 치마를 입었다면 성추행이 아닌 성폭행 피해자가 되었을 수도 있었다. 인생이 어떤 옷을 입느냐에 달려 있다니. 그동안은 엄마가 원하는 대로 치마를 입고 머리를 기르는 게 안전한 삶이라 믿었는데 실상은 반대였다.

서형사는 간호사에게 영주의 연락처를 받으며 몇 가지 일화를 전해 들었다.

"유별난 산모들이 있거든요. 기준치 이상으로 무통 주사를 요구하거나 진통이 온 지 10분 만에 제왕절개를 하겠다고 엄살 피우는 사람들이요. 근데 김간호사가 손을 꼭 잡고 귀에 무슨 말을 속삭이면 얼마 안 있어 순산해요. 뭐라는지 모르겠지만 다들 신기해하죠. 저희끼리 농담으로 삼신할매라고 할 때도 있고요."

간호사는 주변을 한번 살핀 다음 목소리를 낮췄다.

"가끔 무섭기도 해요. 7개월 만에 태어난 아이가 있었는데 김간호사가 인큐베이터에 가서 또 뭐라고 속삭이더라고요. 그런데 다음 날 아이 심장이 멈춘 거예요. 비슷한 일이 한 번 더 있었고요. 김간이 그랬다는 건 아니지만 찜찜하더라고요."

서형사는 영주의 새하얀 손을 떠올렸다. 영주가 제 팔을 꼬집을 때마다 손등 위 도드라진 핏줄이 터지진 않을까 걱정했었는데. 그 손이 자신의 엄마와 꼭 닮았다는 걸 영주는 알고 있을까.

서형사는 영주에게 보내려다 만 메시지를 바라봤다. 갈색 병에서 독 성분이 나왔다는 정약사의 전화를 받자마자 작성하던 것이었다.

'당장 그 집에서 도망쳐.'

아무 설명도 없이 이렇게 보내는 게 맞을까. 과거에 영주가 자신에게 다짜고짜 청바지를 내밀었듯이? 서형사는 잠시 고민하다가 메시지를 지웠다. 영주가 이 문자 덕분에 큰 사고를 피하더라도 혼란스러울 게 뻔했다. 자신이 그랬던 것처럼 왜 도망쳐야 하는지 진실을 모른 채 평생 헤맬 수도 있었다. 어떤 고통은 살면서 한 번은 겪어 내야 반복되지 않는다. 그게 독을 마시는 고통이라도 말이다.

때마침 영주가 병원에 복귀했다는 메시지가 도착했다. 역시 영주에게 자신의 선의 따위는 필요 없는지도 몰랐다. 영주는 쉽게 무너질 사람이 아니니까. 만약 무너진다면…? 그 또한 어쩔 수 없다. 서형사에게는 희수였던 시절을 아는 영주가 영원히 사라지길 바라는 마음도 있었다.

순간 실소가 터져 나왔다. 진범을 잡겠다는 자신조차도 선의와 악의가 뒤섞여 있다니. 서형사는 영주의 번호를 삭제한 뒤 서로 돌아갔다.

수선생은 자신의 귀를 의심했다. 병실에 있던 산모와 그녀의 친정엄마는 얼굴이 새파랗게 질렸는데 정작 영주는 태연하게 아이의 체온을 재고 있었다.

영주가 그 말을 하기 전까지는 평화로웠다. 신생아는 수유할 때만 산모가 있는 병실로 오는데 수유 도중 아이가 잠들었다. 산모의 친정엄마는 엄마 젖을 먹다 잠든 손주의 얼굴을 보고 있었다. 수선생은 깜빡한 물건을 가지러 영주가 있는 병실에 잠시 들른 참이었다.

"얼굴 좀 봐. 잘 때가 제일 예쁘네. 너도 잘 때가 제일 예뻤는데."

손주를 향한 애정이 듬뿍 담긴 말이었다. 한데 영주가 냉소적으로 거들었다.

"잘 때만 예쁘다는 건 없으면 좋겠단 거잖아요."

수선생은 깜짝 놀라 영주를 쳐다봤다. 영주는 자신이 방금 무슨 말을 내뱉은 줄 모르는 듯했다. 산모의 친정엄마가 영주의 손에서 체온계를 뺏더니 바닥에 집어 던졌다. 그러고는 영주에게 따져 물었다.

"당신! 바, 방금 뭐라 그랬어요?!"

"어머님, 죄송합니다. 잠시만요."

수선생은 영주의 손을 잡아끌고 황급히 병실을 나왔다.

"김간, 미쳤어?! 지금 제정신이야?"

"죄송합니다. 제가 잠을 못 잤더니…. 근데 제가 뭐라고 했나요?"

퀭한 얼굴을 보니 거짓말은 아닌 듯했다. 아무리 그래도 이럴 사람이 아닌데. 며칠 무단결근을 하더니 머리라도 다쳐서 온 걸까.

수선생이 생각하기에 한국 사회는 모든 분야에서 실력보다 맷집이 중요했다. 영주의 직속 선배이기도 한 수선생이 보기에 영주는 맷집이 좋은 타입이었다. 그래서 군기가 세기로 유명한 이 바닥에서도 잘 버텼다.

그런데 요즘은 확실히 변했다. 맘카페 후기를 보고 온 환자들 때문인지 박원장의 편애 때문인지, 자신이 특별히 실력이 좋다고 생각하는 것 같았다. 수간호사 자리를 뺏길 수도 있겠다고 긴장할 정도였다.

"출산은 병이 아니니까 산모들을 환자로 대하지 않으려고 노력해요. 어디가 잘못되어서 고통스러운 게 아니다, 자연스러운 과정이다, 그런 식으로 이야기하고요."

언젠가 농담 삼아 비법을 물었을 때 이처럼 잘난 척했던 영주가 왜 방금 같은 실수를 저질렀을까.

수선생은 영주를 빈 병실로 데려갔다. 지금이야말로 진

실을 알려 줄 때였다. 실력이 아니라 맷집이 중요하다는 진실. 이곳엔 식물인간이 된 산모밖에 없어 수선생은 마음 놓고 영주의 뺨을 때렸다.

영주는 반항하지 않고 고개를 푹 숙였다. 그러면 그렇지. 몇 대 맞으면 정신 차릴 거면서. 생사가 오가는 곳에선 정신을 똑바로 차려야 한다. 수선생은 아무것도 모르는 사람들이 간호사 태움이니 괴롭힘이니 하며 들먹이는 게 억울했다.

"보고는 안 할 테니까 환자한테 무릎이라도 꿇어. 앞으로는 정신 똑바로 차리고."

말은 그렇게 했지만 박원장에게 전할 참이었다. 이참에 잘라 버릴까? 떠오르는 미소를 애써 숨기며 나가려는데 영주가 의식이 없는 산모를 보며 말했다.

"정원 씨, 다 들었죠? 저 사람이 나 때린 거."

수선생은 소름이 돋았다. 뒤돌아보니 거기엔 영주가 아닌 다른 사람이 서 있었다.

21

"식사하세요!"

영주의 말에 친정엄마가 어리둥절한 채 식탁을 바라봤다. 식탁 위에는 진수성찬이 차려져 있었다. 찰밥에 미역국, 옥돔 구이, 각종 반찬까지.

"다 웬 거니."

"그동안 고생하셨잖아요. 그냥 몇 가지 준비했어요."

오랜만에 세 식구가 식탁에 앉았다. 그 와중에도 친정엄마는 영주와 선호가 붙어 있지 못하게 선호를 자기 옆자리에 앉혔다. 영주는 아무렇지 않은 척 웃다가도 선호를 보자 가슴이 미어졌다. 선호는 며칠 사이에 부쩍 야위어 있었다.

최근에 친정엄마는 선호를 치료한다는 핑계로 살림에 소홀했다. 아침은 시리얼과 우유로 바뀌었고, 밀린 빨래와 설거지 등으로 집안 꼴도 엉망이었다. 영양 상태가 좋지 않아서인지 나아가던 선호의 상처가 또 덧나기 시작했다. 예전에 이모님들도 이럴 때가 있었다. 일부러 아이를 방치하거나 집을 엉망으로 두는 등 시위하듯 불만을 표현하곤 했다. 그땐 돈으로 해결할 수 있었지만 이번엔 아니었다. 영주의 걱정을 눈치챘는지 친정엄마가 위로하듯 말했다.

"치료 초반에는 더 나빠질 수 있어. 차차 나아질 테니까 너무 걱정하지 말거라."

영주는 애써 웃으며 말했다.

"네, 믿어요."

"고맙구나."

친정엄마는 미역국을 한술 크게 떴다. 영주도 수저를 들며 전에 없이 친근하게 말을 걸었다.

"매일 같이 밥을 먹는데도 그동안 어떻게 사셨는지 물어보지도 못했네요."

"말했잖아. 네 아빠 돌아가시고…."

친정엄마는 얼버무리며 생선을 발랐지만 입맛을 잃은 듯했다.

"이 집에 살았을 때 저는 어땠어요? 10년이나 살았는데 기억이 별로 없어요."

친정엄마는 수저를 고쳐 잡으며 대꾸했다.

"어떤 게 궁금하니?"

"일곱 살 생일 다음 날, 나무에서 떨어졌을 때요."

친정엄마가 놀란 듯 영주를 쳐다봤다. 영주는 아무렇지 않게 응수했다. 친정엄마는 당황한 기색이 역력한 채로 식탁을 짚고 일어서려다가 그대로 정신을 잃고 쓰러졌다. 영주가 차분하게 선호에게 말했다.

"괜찮아. 할머니 코, 하고 잠드신 거야."

영주는 친정엄마를 질질 끌고 안방으로 들어갔다. 툭툭 뺨을 건드려도 반응이 없었다. 수면제가 잘 든 것 같았다. 이번에는 부엌 쪽을 향해 소리쳤다.

"선호야! 할머니 국 건드리지 마!"

테라스 너머로 커다란 노간주나무가 보였다. 저 나무도 병실의 정원처럼 모든 더러운 짓을 지켜봤겠지. 수선생은 처음부터 영주를 괴롭혔음에도 사람들 앞에서는 아무 일 없었다는 듯 대했다. 영주도 없었던 일처럼 기억을 지우려

했다. 그런데 기억은 머리가 아니라 몸에 쌓이는 것이었다.

영주는 의식을 잃은 친정엄마를 보며 몸의 감각들을 하나하나 떠올렸다. 언제부터였지. 언제부터 날 속인 걸까. 일곱 살 때 입안에 느껴졌던 비릿한 피의 맛, 열네 살 때 어깨를 밀던 엄마의 강한 손길. 몸의 기억을 거부하지 않고 받아들이자 차례로 기억들이 등장했다. 영주에게 벌어졌던 끔찍한 사건들이 전부 꿈이라고 속인 장본인이 친정엄마라는 진실도.

하지만 그보다 더 중요한 게 있었다. 영주가 궁금한 건 딱 하나였다. 어릴 때 자신을 죽이려 했던 사람이 이제 와 왜 자신과 아들을 받아 주었는지.

'설마…!'

영주는 친정엄마와 살고자 집 매매를 고민했던 일을 떠올렸다. 집을 산 다음 영주 모자가 사라진다면? 상속인은 한 명. 대출도 있겠지만 적은 돈은 아니다. 남편 제사비 10만 원도 못 보내는 사람이라면 충분히 혹할 만하다.

친정엄마가 애초에 집을 노리고 접근했다고 영주는 결론을 내렸다. 천륜을 저버리는 일이지만 불가능한 것도 아니다. 딸도 죽이려 했던 사람이 손자가 죽는 게 대수일까. 영주는 잠든 친정엄마의 머리카락 몇 개를 뽑았다. 늦었지만 유전자 검사를 할 작정이었다.

　"언제부터 잠든 거지."

　얼굴을 찌푸린 채 안방에서 나온 친정엄마를 보며 영주는 천연덕스러운 얼굴로 거짓말했다.

　"식곤증 때문에 방에 들어가셨잖아요."

　"밥 먹다가 쓰러졌던 거 같은데…."

　"무슨 소리예요. 설거지까지 마치곤 두 발로 걸어가셨는데. 선호야! 할머니가 꿈꾸셨나 보다. 그치?"

　선호는 영주의 눈치를 보더니 조용히 고개를 끄덕였다. 영주 말처럼 싱크대에는 설거지를 마친 그릇들이 가지런하게 엎어져 있었다. 친정엄마가 얼떨떨한 표정으로 서 있자 영주는 걱정된다는 듯 말했다.

　"참, 올해 나이가 어떻게 되시죠?"

　"응?"

　"자주 이러시면… 병원에서 검사라도 받아 보세요."

　이런 걸 가스라이팅이라고 하나? 당하는 것도 힘들었지만 하는 쪽도 썩 기분 좋진 않았다. 그래도 선호를 위해서라면 어쩔 수 없었다.

　"내가 치매라도 걸렸을까 봐? 어, 이제 기억난다, 기억나.”

그 순간 영주는 친정엄마에게서 익숙한 표정을 목격했
다. 수치심이었다. 영주는 새삼 서글퍼졌다. 나는 쭉 저런
얼굴로 살았겠구나.

영주는 이런 식으로 평생 자신을 의심해 왔다. 무엇이
꿈이고 현실인지, 꿈이라면 내 것인지 남의 것인지, 내가 마
녀여서 내 아들이 괴물이 된 건지…. 그런데 이 모든 의심이
애초에 친정엄마 탓이라면 이야기는 달라진다.

영주는 기어이 친정엄마를 병원에 보냈다. 멀쩡한 친정
엄마가 치매 검사를 받는 사이에 영주는 망치를 들고 옆방
앞에 섰다. 노란색 편지지에 적힌 말이 떠올랐다.

'날 여기서 꺼내 줘.'

영주는 그 아이를 도와주고 싶었다. 그 마음은 의심할
여지가 없었다.

쾅 쾅 쾅!

영주가 망치로 내리치자 자물쇠가 바닥에 힘없이 떨어
졌다. 꿈이 현실이 되었다. 영주가 그렇게 만들었다.

끼이익.

방은 대낮에도 깜깜했다. 영주는 망설임 없이 창문 커
튼을 걷었다.

방 안에는 수십 개의 금줄이 쳐 있었다. 바닥에는 새끼를 꼬다 만 엄청난 양의 짚더미가 쌓여 있었다. 한쪽에 차린 제단 위에는 향, 각종 제사 음식, 그리고 돼지의 생 창자가 놓여 있었다. 옆에는 대나무로 만든 옛날식 아기 요람까지. 모든 게 꿈과 같았다.

영주는 충격으로 비틀거리면서도 요람 쪽으로 다가갔다. 팔이 잘린 지푸라기 인형도 있으려나. 불안한 마음으로 요람 위의 천을 살짝 들추었다. 인형은 보이지 않았다. 대신 한자로 쓰인 지방(紙榜)과 사진 한 장이 놓여 있었다. 그 사진이었다! 친정엄마가 선호를 유괴했다는 증거. 겨울옷을 입고 노간주나무 앞에 서 있는 선호의 사진.

영주는 놀라 주저앉았다. 꿈이 아니었다. 아니, 꿈보다 더 끔찍했다. 사진 속 선호 얼굴이 날카로운 칼로 난도질이 되어 있었다. 의심은 비로소 진실이 되었다.

내 엄마가 내 아들을 죽이려고 한다.

친정엄마가 치료를 핑계로 영주에게서 선호를 강제로 빼앗은 지 보름이 되었다. 삼칠일은 7일을 세 번 거듭하는 기간이니 이제 딱 6일이 남았다. 오늘도 선호는 순순히 할머니를 따라 방에 들어갔다. 이제 보채지도 않는다. 영주는 몰래 눈물을 훔쳤다.

'선호야, 조금만 기다려. 엄마가 꼭 지켜 줄 테니까.'

영주는 재빨리 자기 방으로 들어갔다. 들어오자마자 문을 잠그고 노트북을 켰다. 이어폰을 꽂고 화면을 켜자 선호 방 영상이 보였다. 어제 선호 방에 CCTV를 설치해 둔 것이다. 이번에야말로 확실한 증거를 남겨 평생 선호에게 접근하지 못하게 할 작정이었다.

영주는 숨죽이고 영상을 지켜봤다. 친정엄마는 선호에게 동화책을 읽어 줬다. 평범한 할머니와 평범한 손자의 평범한 밤이었다. 노트북을 통해 전해 오는 친정엄마의 목소리는 낮고 톤도 일정했다. 책 내용을 전달하기보다는 선호를 잠들게 하려는 목적 같았다. 영상을 보던 영주도 자꾸 하품이 났지만 애써 버텼다.

친정엄마는 동화책을 다 읽은 뒤 품에서 침통을 꺼냈다. 선호를 고쳐 주겠다며 하던 치료였다. 늘 보던 장면이라 영주의 긴장도 점점 더 풀렸다. 친정엄마가 선호의 손에 침을 꽂는 순간, 영주는 결국 잠을 이기지 못하고 쓰러지듯 책상 위로 고꾸라졌다.

다시 눈을 떠 시계를 보니 고작 10분이 흘렀다. 영주는 정신을 차리고 다시 노트북 영상을 켰다. 그런데 아까만 해도 별일 없던 방에서 믿지 못할 광경이 펼쳐지고 있었다. 선호의 손에 꽂혀 있는 건 가느다란 사혈침이 아니었다. 병원에서 쓰는 굵은 주삿바늘이었다. 그 여자가 선호의 팔에 주삿바늘을 꽂고 피를 빼내고 있었다.

침대에 누워 고통을 감당하는 선호의 모습은 꽤 익숙해 보였다. 주삿바늘을 꽂은 흰 손등엔 피멍이 들어 있고 원래도 튀어나온 핏줄은 터질 듯 부어올랐다. 영주는 당장 달려가 선호를 구하고 싶었지만 애써 참았다. 증거를 남기기 위해서는 지켜봐야만 했다. 그 여자는 한 팩 가득 어린 선호의 피를 채웠다. 끝이 아니었다. 또 새로운 팩을 꺼냈다.

"그만!"

영주가 자리를 박차고 일어서려는데 그 여자가 CCTV를 똑바로 보며 뭔가 중얼거리기 시작했다. 자장가였다. 뒤늦게 귀를 막아 봤지만 소용없었다. 영주는 책상 앞에서 정신을 잃었다.

22

영주는 담담히 아침을 맞았다. 간밤에도 자장가가 들렸지만 더 이상 꿈인지 현실인지 구분할 필요는 없었다. 중요한 건 진실이었다. 영주는 노트북을 열어 어제 찍은 영상의 초반부를 재생했다. 녹화는 잘 되어 있었다.

선호는 아직 깨지 않았다. 살짝 이불을 걷으니 팔에 감긴 붕대 위로 피가 번져 있었다. 영주는 어제서야 선호의 상처가 낫지 않은 이유를 알았다. 작은 몸에서 그 많은 피를 빼내는데 몸이 성할 리가 없었다. 그런 줄도 모르고 밤마다 친정엄마에게 선호를 맡겼으니…. 선호의 팔 위로 영주의 눈물이 뚝 떨어졌다. 그때 문자음이 울렸다.

'친자 관계 99% 확인되었습니다.'

어느새 깨어난 선호가 눈을 비비며 물었다.

"엄마, 왜 울어?"

"안 울어."

"또 무서운 꿈 꿨어?"

"엄마 이제 무서운 꿈 안 꿔. 아니, 꿔도 안 무서워."

영주는 선호를 꼭 안으며 다짐했다. 어떤 일이 있어도 선호를 두고 도망치는 일은 없다. 나는 내 엄마와 다르니까.

"걱정하지 마. 엄마가 선호 꼭 지킬 거야."

"아니, 선호가 엄마 지켜 줘야 해. 근데… 지금 선호는 작아서 힘들어."

선호가 자신이 없는 듯 힘없이 고개를 떨구었다.

"무슨 소리야. 어른이 아이를 지켜 줘야지."

"나는 죽어도 다시 태어날 수 있대. 그러니까 그때 선호가 엄마 지켜 줄게."

난데없는 선호의 말에 영주가 되물었다.

"누가 그런 말을 했어? 혹시… 할머니야?"

그러자 선호가 창밖 나무를 가리키며 말했다.

"아니, 저 나무가 말했어."

게임과 혼동하는 걸까. 뜬금없이 나무가 말을 했다니. 처음엔 할머니가 한 말을 착각했다거나 거짓말을 하는지 알았다. 그런데 선호의 말에 잊고 있던 기억 한 조각이 떠올랐다. 영주만 알고 있는 기억이었다. 영주는 소름이 끼쳤다. 그럴 리 없다. 내 아들이 날 닮았을 리 없다. 영주는 USB를 챙긴 뒤 경찰을 불렀다. 이게 다 그 여자 때문이었다. 영주만으로도 부족해 선호까지 망가뜨리려 하다니.

친정엄마는 사다리에 올라가 태연하게 나뭇가지를 정리하고 있었다.

"뭘 하는 거예요."

영주가 묻자 천진난만하게 원예용 가위를 보여 주었다.

"일하지. 이사 올 때 샀는데 벌써 날이 다 나간 걸 보면 손이 많이 가는 나무긴 해. 그만큼 주는 것도 많지만."

"내 아들한테 대체 무슨 짓을 한 거냐고요!"

영주가 미친 듯 소리 질러도 사다리 아래로 영주를 힐끔 내려다볼 뿐이었다.

"불쌍한 우리 딸, 또 꿈꿨구나."

친정엄마는 영주를 안타까운 듯 바라봤다.

"내 탓이다. 날 닮아서 그런 거야. 괜찮아. 엄마가 다 고쳐 줄게.”

영주가 위협하듯 친정엄마의 사다리를 건드렸다. 떨어지면 치명상을 입을 정도의 높이였다.

“나 몰래 여기에 선호 데려왔었잖아! 당신이 내 아들 유괴한 증거라고!”

영주는 옆방 요람에 있던 사진을 내밀었다. 사진을 본 친정엄마는 잠시 놀란 듯하더니 대답했다.

“그게… 네 아들이라고 생각하니?”

“아무리 나쁜 게 들러붙었어도 내 아들이야! 난 당신처럼 내 자식 안 버려!”

영주는 자리에 그대로 무너져 울부짖었다.

“우리한테 왜 그래…. 돈 뜯어내려고? 나랑 선호 죽이고 이 집 차지하려고? 아니면 진짜 귀신에 씐 거야, 뭐야!”

영주가 사다리에 매달려 울부짖는 동안 친정엄마는 영주를 가만히 바라보기만 했다. 이윽고 눈물이 멎은 영주가 차분히 말했다.

“고모 말이 맞았어. 아빠도 당신이 죽인 거야.”

영주는 친정엄마를 똑바로 올려다보며 외쳤다.

“나도 죽이려고 했잖아. 열네 살 때 계단에서 밀어서.”

그 말에 친정엄마의 안색이 변했다.

"그래 놓고는 꿈이라고 세뇌했지! 이 나무에서 떨어졌을 때도 마찬가지였어."

친정엄마는 처음으로 조급한 듯 반응했다.

"전부… 기억나는 거니? 어디서부터 어디까지 기억나는지 말해 봐. 빨리!"

"그게 뭐가 중요해! 그때 분명 나 죽이려고 했잖아. 내 몸이 기억하고 있다고!"

"…다 기억하는 건 아니구나."

친정엄마는 안도하듯 고개를 끄덕이더니 귀찮은 듯 본색을 드러냈다.

"그렇다고 쳐. 어차피 너, 지금 나 없으면 안 되잖아?"

영주는 부엌으로 뛰어가 찬장에 있는 녹색 병을 가져왔다.

"'또시 태어남'? 차마 독약이라고는 못 적었겠지. 불면증 약이라고 속여 놓고 날 천천히 죽이려고 한 거잖아. 솔직히 말해! 죽어야 다시 태어난다는 헛소리 말고 제대로 대답하라고!"

"너 그거 안 먹었으면 어떻게 됐을 줄 진짜 몰라서 그래. 박원장 몰라?"

영주는 깜짝 놀랐다. 박원장을 어떻게 알지.

"피임은 네가 알아서 했어야지. 엄마가 서른 넘은 딸 월경하는 것까지 매달 확인해야겠어? 그래도 엄만 이해해. 내 자식을 위해서 못 할 게 뭐가 있겠니. 지금 나처럼."

그 말과 함께 영주 손에 들려 있던 병이 스르륵 바닥에 떨어졌다. 산산이 깨진 병에서는 검붉은 액체가 흘러나와 노간주나무 아래로 스며들었다. 영주는 혼란스러웠다. 어떻게… 아는 걸까.

친정엄마 말이 맞았다. 정원의 병실에서 주사를 맞고 잠든 사이 어떤 일이 벌어지는지 영주는 알고 있었다. 사실은 영주가 박원장을 유혹했다. 그 대가로 그는 각종 편의를 봐주었다. 박원장이 없었다면 영주는 진작 해고되고도 남았다. 여자 혼자 애를 키운다는 건 그런 일이었다. 그렇다 해도 아무에게도 들키고 싶진 않았다. 날 낳은 여자라고 해도. 이성을 잃는 영주는 더욱 세차게 사다리를 흔들었다.

"다 거짓말이야. 마녀 같은 년아!"

영주의 힘에 사다리가 균형을 잃고 쓰러졌다.

쿵!

영주가 질끈 감았던 두 눈을 뜨니 친정엄마가 땅바닥에 쓰러져 있었다. 때마침 대문 초인종 소리가 들렸다. 그제야 경찰을 불렀단 사실이 기억났다. 어쩐담. 의식을 잃은 친정엄마는 미동도 없었다. 하필 영주가 깨뜨린 병 위로 떨어져 얼굴은 피투성이였다.

"죄송한데 오해가 좀 있어서요. 신고 취소할게요."

경찰은 영주의 말을 듣고 별말 없이 돌아갔다. 영주는 친정엄마를 일단 안방에 숨겼다. 그다음 수면제를 기절한 친정엄마 입에 흘려 넣었다. 이 정도면 퇴근 때까지 큰 문제가 없을 것 같았다. 안방에 자물쇠를 채웠다. 마지막으로는 엉망이 된 마당을 치웠다. 선호를 무사히 지켜 냈다는 생각에 자신도 모르게 입가에 미소가 새어 나왔다.

엄마의 미소를 이 층 창문 너머로 선호가 지켜보고 있었다.

23

노간주나무

"저 좀 도와주세요."

영주가 선호를 데리고 다짜고짜 병원 사무실 문을 열었다. 박원장과 대화 중이던 수선생이 슬쩍 웃더니 말없이 방을 나갔다. 이쯤 되니 박원장도 눈치가 보였다. 영주 대신막말을 들었던 산모 가족을 달래느라 진땀을 뺐다. 그런 자신에게 대놓고 이러면 어쩌자는 건가. 잠을 못 자서라기엔정도가 심했다.

병원에서는 영주를 해고하겠다고 했는데 영주는 되려

병원 측을 협박했다. 그동안 병원에서 벌인 잘못을 죄다 까발리겠다면서.

그간 멱살을 잡혀도 싫은 소리 한 번 않던 영주였기에 박원장은 놀랐다. 갑자기 변한 건지 원래 그런 사람인데 몰랐던 건지 모르겠지만 더 이상 엮이지 말아야겠다고 속으로 다짐했다.

붕대를 벗겨 보니 선호의 상처는 여러 번 덧나 누런 고름까지 보였다. 재생력이 좋은 어린아이의 몸에 난 상처가 두 달까지 가는 건 드물었다. 이 정도면 어쩌다 덧난 게 아니라 일부러 상처를 헤집어 놓은 듯했다.

박원장이 가까이 들여다보려 하자 아이는 기분 나쁜 듯 그의 팔을 툭 뿌리쳤다. 그러더니 똑바로 눈을 마주치며 묘한 미소를 지었다. 박원장은 당황했다. 여섯 살이 아니라 세상을 어느 정도 산 자기 또래가 지을 법한 표정이었다. 방금 수선생처럼 은밀한 말을 숨긴 미소.

'우리 엄마랑 그렇고 그런 사이구나.'

그가 괜히 찔려 주춤하는 사이 아이는 언제 그랬냐는 듯 여섯 살 얼굴로 돌아갔다. 연기처럼도 보였다.

'엄마나 아들이나 찝찝하군.'

박원장은 떨떠름한 얼굴로 말을 꺼냈다.

"김간, 아무리 급해도 이건 아니지. 보는 눈도 있는데."

"그렇네요. 선호야, 어른들 이야기하게 잠깐 게임 좀 하고 있을래?"

엄마 말에 선호는 곧장 게임기를 꺼냈다. 박원장은 당황했다. 자신이 말한 건 이게 아니었는데. 그러나 영주는 구설수 따위는 조금도 신경 쓰지 않는 것 같았다.

"중요한 일이 있는데 의논할 사람이 없어서요. 이거 한번 봐주실래요?"

몇 번 잤다고 남편이라도 되는 줄 아는 건지. 앞으로 무슨 핑계를 대고 영주의 부탁을 거절할지 박원장이 머리를 굴리는 사이 영주가 컴퓨터에 USB를 꽂았다.

"사실은 친정엄마가…"

영주는 선호가 들을까 봐 박원장 가까이 다가와 속삭였다.

"제 아들을 학대하는 거 같아요."

"친정엄마 없다고 했잖아. 없는 거나 다름없다고 했나?"

그 말에 영주가 갑자기 웃음을 터뜨렸다. 이 상황에서 뭐가 그렇게 재밌는지 한참을 미친 사람처럼 깔깔거리더니 말했다.

"원장님, 세상에 엄마 없는 사람이 어딨어요. 그럼 제가 하늘에서 뚝 떨어졌게요."

그러고는 윗옷을 올려 굳이 배꼽을 보였다.

"이게 증거잖아요. 저에게도 엄마가 있다는."

"어…, 알겠으니까 얼른 옷 내려."

수선생 말대로 머리라도 다친 걸까. 제 눈에도 엄마가 이상할 텐데 아이는 익숙한 듯 게임기에 코를 박고 있었다. 박원장은 차라리 빨리 끝내자 싶었다.

"얼른 틀어 봐. 보여 줄 거 있다면서."

영주의 USB에 있는 건 CCTV 영상이었다. 아이의 할머니로 보이는 여자가 침대 맡에서 손자에게 책을 읽어 주고 있었다. 평범한 광경이었다. 몇 분째 같은 내용이 반복되자 하품이 나왔다.

"별거 없는 거 같은데…"

"이 뒤에 나와요. 잠시만요."

영주는 빠르게 영상을 돌렸다. 동화책 읽기가 끝났다. 자리에서 일어난 여자는 아이가 잠든 걸 확인하는 듯 눈앞에 손가락을 움직여 보았다. 돌변한 분위기에 박원장도 덩달아 긴장되었다. 옆을 보니 영주 눈에는 벌써 눈물이 고였다.

박원장도 뉴스에서 이런 영상을 본 적 있다. 아동학대

범죄의 가해자들은 처음에는 곤히 잠든 아이를 쓰다듬다가 돌변해 때리거나 심지어 집어던지기도 했다. 그런 영상이 나오려고만 해도 아내는 채널을 돌렸다. 결말이 잔인할 게 뻔하니 못 보겠다는 게 이유였다.

영주가 보여 준 영상의 결말은 뉴스와 달랐다. 영상 속 여자는 아이가 잠든 걸 확인한 다음 그대로 방을 나가 영상이 끝날 때까지 돌아오지 않았다.

"이럴 리가 없는데…."

영주는 믿을 수 없다는 듯 마지막 부분을 수차례 돌려 다시 봤다. 간밤에 영주가 목격했던 끔찍한 장면은 온데간데없이 사라졌다.

"제가 분명 봤어요! 그 여자가 주사기로 선호 피를 뽑는 거!"

"잠깐만. 이 부분 좀 봐."

박원장이 뭔가 발견한 듯 재생 버튼을 눌렀다. 영상 속 여자가 나가고 몇 분 후, 아이가 침대에서 일어났다. 잠든 줄 알았더니 아니었다. 장난감 상자에서 뭔가를 꺼냈다. 병원 놀이 장난감 세트였다. 아이는 장난감 주사기를 꺼내더니 뾰족한 바늘 부분으로 붕대 위를 마구 찌르기 시작했다. 아프지도 않은지 제 팔에 세차게 찔러 댔다.

박원장은 영상을 정지시켰다. 영주는 귀신을 본 듯 그대로 굳어 버렸다.

아이의 헤드폰 사이로 게임 소리가 삐져나왔다. 어른들이 자기 이야기를 하는 줄도 모르는 듯했다. 어쩐지 찝찝하다 싶더니.

"내 생각엔… 애한테 문제가 있는 것 같아. 정신과 상담을 받는 게 좋을 것 같은데."

엄마의 관심을 받고 싶어 그랬을 거라며 박원장이 위로해도 영주는 길 잃은 눈빛으로 멍하니 있을 뿐이었다.

"애들이 생각보다 엄마한테 영향을 많이 받거든. 요즘 김간 잘 못 잔다고 그랬잖아. 혹시 환청이나 환각은 없어?"

영주가 고개를 휙 돌려 박원장을 노려봤다.

"지금… 나 때문에 애가 미쳤다는 소리예요?"

"다른 병원에 가서도 종종 주사 맞는다며. 그 정도면 중독이야."

"그게 어때서요?"

"비타민 주사라고 해 놓고는 케타민을 섞는 병원이 꽤 있어. 알고 있겠지만 케타민은 마약으로 분류되잖아. 중독성도 높고 환청, 환각도 흔하고. 솔직히 지금 김간 모습이 그래. 혼자 이상한 소리가 들리고, 멀쩡한 친정엄마가 자기 애를 때렸다면서… 헛것을 볼 수도 있지. 아무래도 검사를 받는 게…."

박원장은 이때다 싶어 본심을 꺼냈다.

"휴직을 하는 건 어때."

영주는 혼란스러웠다. 박원장의 주사를 맞을 때마다 잠이 잘 오긴 했다. 함께 있던 정원 덕분인 줄 알았는데 정말로 주사에 마약이 섞여 있었던 걸까. 그런 생각을 하자 온몸이 떨려 왔다. 이 모든 의심이 마약으로 인한 환청, 환각 때문이라면? 안방에 갇혀 있는 친정엄마가 죽기라도 한다면? 선호는 평생 살인범의 아들로 살아가야 할지도 모르는데…. 불안이 순식간에 가지를 뻗어 나갔다.

영주는 불안을 떨쳐 내려 고개를 흔들었다. 일단 선호만 생각하자. 무슨 용기에서인지 영주가 책상 위 메스를 집어 들었다.

쾅.

날카로운 메스가 박원장의 손가락 사이에 수직으로 내리꽂혔다. 박원장이 자신의 손가락이 잘렸는지 확인하는 사이 영주가 USB를 뽑았다.

"사람들한테 허튼 소리하면 죽여 버릴 거야, 당신."

영주는 선호를 병원 대기실 소파에 앉히곤 일을 시작했

다. 선호는 게임을 하는가 하면 바닥에 철퍼덕 앉아 색칠 공부를 하기도 했다.

"미쳤어? 어디라고 애를 데려와."

"그럼 어떡해요. 애 볼 사람이 없는데."

수선생은 영주의 뻔뻔스러운 답에 할 말을 잃었다.

"엄마, 나 졸려!"

선호의 외침에 병원에 있는 사람들이 일제히 선호를 쳐 다봤다. 대기실이 술렁였다.

"저 간호사 애인가 봐. 일하는 병원에 애를 데려온 거 야?"

영주는 한발 물러나 정원이 있는 병실로 선호를 데려갔 다. 빈 병상에 선호를 앉힌 뒤 흰색 가루를 물에 타 내밀었다.

"여기서 코 자고 있으면 옆에 있는 누나가 선호 지켜 줄 거야."

영주는 의식이 없는 만삭의 정원에게 속삭였다.

"그동안 제가 미조 돌봐 줬으니까 우리 선호도 잘 부탁 해요."

몇 시간 뒤, 영주는 한 아이에게 분유를 먹이고 있었다. 태어난 지 사흘밖에 안 된 신생아였다. 그런데 잠이 쏟아져 자꾸 힘이 빠졌다. 처음에는 분유통을 쥔 손이 까딱거리더니 급기야 아이의 목을 받치고 있던 손에서도 힘이 풀렸다. 영주가 아이를 놓치기 직전, 다행히 수선생이 영주에게서 아이를 뺏었다.

"애를 죽일 셈이야?!"

영주는 대답 대신 짐을 챙겨 정원이 있는 병실로 갔다. 그런데 선호가 보이지 않았다.

"정원 씨, 선호는요?"

곧이어 박원장이 뛰어왔다. 영주가 아닌 정원을 찾아온 모양이었다. 병상 바닥에 양수가 뚝뚝 떨어지고 있었다.

"빨리 가족들에게 연락해. 엄마랑 애 가운데 누구부터 살릴 건지 물어보고!"

긴박한 상황에서 영주가 정원의 손을 붙잡고 늘어졌다.

"내 아들 어디 갔냐고요! 정원 씨 빨리 대답해요!"

"지금 뭐 하는 거야. 저리 비켜!"

결국 박원장이 영주를 밀쳤다. 그 순간 정원의 손이 영주에게 대답이라도 하듯 아래로 툭 떨어졌다. 바닥엔 익숙한 은색 침통이 떨어져 있었다.

그 여자가 내 아들을 데려갔다.

24

서형사는 일상으로 돌아갔다.

"잘 생각했어. 누가 그 여자들한테 칼 들이대고 협박했냐고. 다 제 손으로 저지른 거지."

선배가 위로했지만 서형사는 별 위안을 얻지 못했다. 당장 그의 책상 앞에는 단돈 2만 원 때문에 행인을 과도로 위협한 스무 살짜리 청년이 앉아 있었다. 배고프다는 청년의 말에 서형사는 만 원짜리 순댓국을 시켜 주었다. 허겁지겁 국밥을 퍼먹은 청년은 아쉬운 듯 바닥을 긁었다. 이 사람은 어쩌다 여기까지 왔을까. 몇 달 전까지만 해도 공사장 일용직으로 일하던 청년은 현장에서 다리를 다친 뒤로 생계가 어려워져 범행을 저질렀다고 했다. 서형사는 진술서를 보며 일말의 가능성을 상상했다.

그때 당한 사고에 제대로 된 보상금을 받았더라면, 공사장보다 나은 환경에서 일할 수 있도록 충분히 교육을 받았더라면, 주변에 도와주는 어른이 한 명이라도 있었더라면, 애초에 보육원 출신이 아니었더라면… 서형사는 이런 사건을 볼 때마다 보이지 않는 칼이 보였다. 세상이라는 칼. 그 칼은 누군가로 하여금 범죄를 저지르게 만들기도 했지만 다른 누군가에겐 사랑하는 사람을 떠나 보내게도 했다.

"우리, 헤어지자."

열흘 전, 애인은 이별을 선언했다. 서형사는 입이 열 개라도 할 말이 없었다. 몇 달 넘도록 애인과 한 시간 이상 함께 있지 못했다. 여청계로 가면 여유가 생길 거라며 붙잡았지만 애인은 단호하게 고개를 저었다.

"일 때문이 아니야."

"그럼?"

"당신 범인 잘 찾잖아. 한번 찾아봐. 우리 사이를 이렇게 만든 진범이 누구인지."

진범이라. 우여곡절이 있었대도 결국 헤어지자고 말한 사람이 범인 아닌가. 혼자가 된 서형사는 습관처럼 매일 애인의 블로그에 들어갔다. 마지막으로 업로드한 글은 몇 달전 한 과학 기사 링크 밑에 쓴 글이었다.

여러분, 새 중에 암컷 혼자 새끼를 낳은 경우가 있다는 거 아세요. 몇 년 전 연구자들이 캘리포니아 콘도르라는 새의 새끼를 분석했는데, 그 결과 무정란 부화였대요. 부계 혈통이 전혀 없었어요. 암컷 혼자 2세를 만든 거죠. 너무 신기하지 않아요?

애인을 처음 만난 건 팔당댐 탐조 여행에서였다. 자주 가던 카페에서 겨울 철새를 보러 가는 당일치기 번개가 열렸다. 서형사는 오직 참수리를 보기 위해 참석했었다.

참수리는 겨울 철새 중에서도 맹금류다. 노랗고 뾰족한 부리와 대비되는 검은 깃털을 가진 카리스마 넘치는 새인데 그날따라 사냥에 소극적이었다. 다른 맹금류인 흰꼬리수리에 밀려서인지 참수리는 직접 사냥하는 대신 댐의 물살로 기절한 물고기만 쪼아댔다. 서형사는 참수리가 자신처럼 느껴졌다.

'겁쟁아, 살아 있는 놈을 잡으라고.'

한참 참수리만 노려보고 있는데 한 여자가 말을 걸었다.

"경찰청 마크에 있는 새 맞죠? 참수리."

"보통 사람들은 짭새인 줄 아는데…. 참수리 좋아하시나 봐요."

"아뇨, 참수리가 멋지긴 한데 자주 못 보잖아요. 저는 쟤네 좋아해요."

여자가 가리킨 곳엔 회색 깃털의 쇠기러기 무리가 앉아 있었다. 겨울 철새 중에서도 가장 흔한 종류였다.

"평범한 새를 좋아하시네요."

"평범한 게 제일 어려운 거니까요."

그때 흰기러기 하나가 날아와 쇠기러기 무리 사이에 앉았다. 쇠기러기들은 흰기러기를 내쫓지 않고 같은 무리인 양 잘 어울렸다.

"저 흰기러기요. 몇 년 전부터 쟤네들이랑 같이 이곳에 오더라고요."

흰기러기는 원래 멕시코나 캘리포니아에서 겨울을 나는데 어쩌다 한국에 온 한 마리가 쇠기러기 틈에 섞여 같이 생활하는 듯 보였다.

"길을 잃었나 보네요."

"일부러 왔을 수도 있죠. 한국이 더 마음에 들어서."

"그럴 리가요. 인간들도 한국을 떠나는 판에."

서형사의 말에 동의하듯 살짝 웃던 여자는 도발하듯 말을 꺼냈다.

"아무리 생각해도 쇠기러기가 참수리보다 멋있는 거 같아요."

"어떤 점이요?"

"원래 자기 무리도 아닌데 가족처럼 받아 주는 거요. 평범하다는 건 그만큼 개체 수가 많다는 거고, 그래야 저런 품도 생기는 거잖아요."

둘은 새를 보러 다니면서 친해졌고 자연스럽게 연인이 되었다. 둘 사이가 안정되자 애인은 서형사와 가족을 꾸리고 싶어 했다. 해외에서는 여성 커플에게도 정자를 기증해 준다며 몇 번이나 관련 기사를 보여 주었다. 암컷 혼자 새끼를 낳았다는 기사를 블로그에 올리면서는 이렇게 말했다.

"우리가 상황은 더 낫지. 개는 혼자고 우린 암컷 둘이잖아."

솔직히 말해 서형사는 부담스러웠다. 그의 마음을 눈치챘는지 애인도 더 이상 아이 이야기를 꺼내지 않았다. 대신 둘의 관계를 주변에라도 알리고 싶어 했다. 하지만 서형사에게는 눈에 보이지 않는 칼이 보였다. 그 칼은 참수리의 부리처럼 날카로웠다. 언제든 둘을 겨눠 그들의 삶을 순식간에 벼랑 끝으로 몰고 갈 정도로. 서형사는 조심하고 또 조심했다. 모든 건 둘의 안전을 위해서라고 믿었다.

안타깝게도 두 사람이 상상하는 미래는 쇠기러기와 참수리만큼이나 달랐다. 그런 둘이 만난 것부터가 잘못이었으니 진범은 '새'라고 해야 하나.

그때 정적을 깨고 서형사의 휴대폰이 울렸다. 정약사였다.

서형사는 정약사의 분석 결과를 여청계에 전할 생각이었다. 수사에 영향은 못 주더라도 증거물품에 독성이 발견된 건 보고해야겠다고 판단했었다. 그런데 정약사가 이제 와 독이 아니라고 말을 바꿨다.

"분명 독이라고 하셨잖아요"

"그때는 빨리 달라고 하셔서 1차 분석만 한 거고요."

"그럼 뭔데요."

"독이 맞긴 한데 약도 되는 거예요."

"그게 무슨 말입니까."

"원래 모든 독이 잘만 쓰면 약도 되거든요. 반대 경우도 있고요. 결국 쓰는 사람에게 달려 있다고 봐야죠."

정약사는 아무리 맹독성 물질이라도 양을 줄이거나 더함으로써 약이 될 수도 있고, 반대로 약으로 쓰이는 물질도 일정량을 넘으면 생명을 위협하는 독이 된다고 했다. 또한 같은 양이라도 대상이 성인인지 어린아이인지, 남성인지 여성인지에 따라 효능이 다르다고. 즉, 독인지 약인지는 그걸 쓰는 사람에게 달렸다는 의미였다.

　　정약사는 독감 주사를 예로 들었다. 독감 바이러스를 소량 몸에 넣으면 몸의 면역체계가 독감 바이러스라는 항원을 제거하고자 항체를 생성한다. 이처럼 몸에 소량의 독을 넣어 그것에 대비하는 약을 만드는 게 백신의 원리다. 독과 약은 근원이 같다는 사실. 독성학자 파라켈수스가 '독과 약은 결국 용량 차이'라는 말을 남긴 지 벌써 500년이 지났지만 현대의학은 여전히 이 대전제 위에 존재한다.

　　"그나마 화학물질은 어떤 용도로 쓰는지가 바로 구분되는데, 천연물질은 분자구조가 복잡해서 구조만 보고서는 독인지 약인지 단정하기 힘들거든요. 그래서 일일이 용량별로 테스트 중인데…. 진짜 놀랍습니다."

　　"놀랍다고요?"

　　"과학자 몇십 명이 머리를 모아도 이런 걸 만들 수 있을까 말까이니, 이걸 만든 사람이 한 명은 아닐 거예요. 어쩌면 그들이 동시에 존재했던 게 아닐 수도 있겠네요. 몇백 년 전부터 내려오는 뭔가일 수도요. 지금 동의보감은 물론이고 중세 시대 약초 책까지 찾아보고 있거든요."

정약사는 오랜만에 신나는 듯 말을 이어 나갔다.

"맥각이랑 유사한 것도 보이고⋯."

"맥각이라면?"

"호밀에 기생하는 곰팡이균의 일종인데요. 중세 때 이 균에 노출된 여자들이 단체로 환각 증세를 보이면서 마녀로 몰려 죽임당했던 사건도 있어요. 지금은 그 균의 환각 성분만 뽑아낸 걸 마약으로 분류하지만, 과거에는 산모들 자궁 수축을 촉진시킬 때 산파들이 사용하기도 했죠. 참, 여기서 발견된 건 정확하게 맥각은 아니고 비슷한 성분이에요. 나팔꽃 씨앗에서 나온 거라 효과가 맥각의 100분의 1도 안 되지만요."

서형사는 정약사가 보여 주었던 악마의 나팔꽃을 떠올렸다. 이해가 가지 않았다. 이 정도로 강력한 효과가 있는 걸 아무나 쉽게 얻을 수 있다고?

"말씀드렸잖아요. 어떻게 쓰느냐에 따라 독도 되고 약도 된다고. 나팔꽃 씨앗은 견우자라고 해서 한약재로도 쓰여요. 여기 들어가 있는 건 극히 소량일 뿐 주재료는 아니고요. 어쨌든 그거 외에도 여러 가지가 보이는데 우리나라에서 희귀한 것들도 몇 있어요. 하 참, 아무리 생각해도 전국 약초꾼들을 죄 알지 않는 한 재료를 구하기도 힘들고 설령 제조법을 안다고 해도 만들기 어려울 것 같은데…."

"주재료가 뭔데요?"

"노간주나무요."

영주가 어렸을 때 올라갔던 나무다. 빗자루처럼 하늘로 쭉 뻗어 있고 이파리가 바늘처럼 뾰족했던 나무. 그가 어릴 때 '무서운 할머니' 같다고 했던 나무.

"2004년 논문을 보니 노간주나무에 있는 이소쿠프레스 산(Isocupressic acid) 때문이라고 하네요. 중세 기록에도 있는 걸 보면 아마 오래전부터 사용되었을 가능성이…."

"그래서, 노간주나무에 무슨 효능이 있다는 겁니까."

서형사가 참지 못하고 재촉하자 정약사가 뜸을 들이다 답했다.

"말씀드렸다시피 모든 건 용량에 따라 효능이 다르지만 일단 크게 추측해 볼 수 있는 건 하나예요. 이 경우 남성에게 쓰면 독인데, 여성에게 쓰면 약이 됩니다."

"그게…?"

"낙태입니다."

25

파주를 알리는 표지판을 보자 영주는 서글퍼졌다. 역시 다시 이 집에 돌아온 게 문제였을까. 어디서부터 잘못된 걸까.

영주는 파주를 떠나면서부터 내내 집에 뭔가를 두고 온 기분이었다. 그래서 이혼하면서까지 한국을 떠나지 않았고 선호를 핑계로 다시 돌아왔는지도 몰랐다. 정작 집에 대한 아무 기억도 떠올리지 못하면서 말이다. 도대체 뭘 두고 왔길래.

집에 다시 돌아왔을 때 영주가 기억했던 건 마당에 있는 노간주나무뿐이었다. 이후 떠오르는 기억들도 노간주나무와 관련된 것들이 많았다. '나무가 말을 했다'는 선호의 이야기를 듣고 불현듯 떠오른 기억은 다소 충격적이었다. 영주도 같은 경험이 있어서다.

1996년 3월 17일. 영주의 일곱 번째 생일 전날이었다. 영주는 심심해서 나뭇잎을 마구 뜯다가 엄마가 했던 말이 떠올랐다. 이 나무는 몇백 살 먹은 할머니나 다름없으니 함부로 대하지 말라고 그랬는데. 영주가 작은 소리로 "미안" 하고 사과했다. 잠시 후. 어디선가 말소리가 들려왔다.

'괜찮아.'

영주는 깜짝 놀랐다. 주변엔 아무도 없으니 나무가 하는 말이었다.

'나는 오늘 죽어도 내일 다시 태어날 수 있으니 이 정도는 다쳐도 괜찮단다, 꼬마야.'

영주는 신나서 대답했다.

"나도 다시 태어날래요!"

'물론이지, 너도 그럴 수 있다.'

"그럼 저는 새가 될 거예요."

영주는 나무 위로 날아가는 흰 새를 가리켰다. 얼마 전 책에서 본 흰기러기랑 비슷했다.

'그럼. 네가 원하는 건 모두 될 수 있다.'

"어떻게요?"

'대신 인간은 나무와 달라서 다시 태어나려면 널 다시 낳아 줄 사람이 필요하단다.'

"엄마한테 말하면 돼요?"

'엄마가 아니라 네가 널 다시 낳아야 한다.'

영주가 눈이 동그래져서 나무를 바라봤다. 무슨 뜻일까. 나무는 친절하게 답했다.

'사람은 죽을 만큼 힘들 때 다시 태어날 수 있단다.'

나무의 알쏭달쏭한 말에 영주가 되물었다.

"죽을 만큼 힘든 건 무슨 기분이에요?"

'높은 곳에서 떨어지는데 날개가 없는 기분이란다.'

이틀 뒤, 영주는 단지 그 기분이 궁금해서 나무 꼭대기에 올라갔던 거 같다. 아빠를 비롯한 어른들은 영주를 이해하지 못했다. 엄마는 영주에게 아무에게도 그날 일을 말하지 말라고 했다. 심지어 없었던 일로 생각하라고 했다.

영주는 나무의 말을 믿었던 어린 자신이 바보처럼 느껴

졌다. 그 말이 사실이었다면 영주는 지금 다시 태어나야 마땅했다. 내 엄마가 내 아들을 죽이려 한다니. 이보다 더 힘든 일이 어디 있을까. 영주는 벼랑 끝에 선 심정으로 집으로 달려갔다.

안방으로 가니 자물쇠가 부서져 있었다. 진작 탈출한 친정엄마가 병원에서 선호를 데려간 게다. 그렇게 확신한 영주는 부엌으로 가 가장 큰 가위를 챙겼다. 가위를 숨기고 조심히 선호의 방을 열었지만 아무도 없었다. 남은 건 딱 한 곳이다. 매일 밤 쿵쿵 소리가 나던 방. 아빠가 살아 있었을 때 손님들이 쓰던 방. 여섯 손가락이 영주에게 편지를 전한 방. 그리고 친정엄마가 선호를 죽이려고 제단을 차린 방.

방 앞에서부터 진한 향냄새가 풍겼다. 살짝 열린 문을 들여다보니 지난번 그대로였다. 수십 개의 금줄, 바닥에 깔린 짚더미, 돼지의 창자 등이 차려진 제단 한가운데 선호가 보였다. 선호는 작은 요람에 몸을 구겨 넣은 채 잠들어 있었다. 기절한 건지도 몰랐다.

그 여자는 선호 앞에서 뭔가 중얼거리고 있었다. 옆에 있는 냄비 한가득 시뻘건 피가 있었다. 선호의 피라고 생각하니 더 이상 참을 수가 없었다.

영주는 그 여자가 눈을 감고 주문을 외는 사이 냅다 선호를 안고 방을 뛰쳐나왔다.

"안 돼! 영주야!"

영주를 쫓아오던 그 여자가 냄비에 걸려 넘어졌다. 영주는 그 여자가 시뻘건 피 위를 허우적거리는 사이 선호를 자신의 방 침대 아래에 숨긴 뒤 신신당부했다.

"선호야, 여기서 엄마가 부를 때까지 절대 나오면 안 돼. 알았지?"

서둘러 방문을 잠그려는데 피를 뒤집어쓴 손이 영주의 손을 턱 잡았다. 그 손은 영주를 밀치고 방으로 들어가 숨어 있던 선호의 손목을 단숨에 낚아챘다. 선호는 손의 괴력에 속수무책으로 딸려 나오고 말았다.

"내 아들 건들지 마!"

영주의 다급한 외침에 그 여자는 피로 칠갑한 손으로 선호를 우악스럽게 잡고 말했다.

"이제 5일 남았어. 조금만 기다리면 네 아들은 새사람으로 다시 태어나! 네가 바랐던 거잖아."

더 이상 말이 통하지 않았다. 영주는 품에서 가위를 꺼냈다. 그리고 가윗날 사이에 자신의 왼쪽 새끼손가락을 넣은 채 그 여자를 쳐다봤다. 그 여자의 눈빛이 흔들렸다. 영주는 두 눈을 질끈 감고 가위를 쥔 오른손에 힘을 주었다.

"안 돼!"

그 여자가 선호를 놓고 영주를 막으려 달려들었다. 자르는 척만 했던 영주는 그 틈을 놓치지 않고 그 여자를 무서운 힘으로 밀어냈다. 그 여자는 순식간에 계단 앞까지 밀려갔다. 영주는 되뇌었다. 선호를 위해서라도 질긴 인연을 끊어야 한다.

영주는 있는 힘을 다해 그 여자를 계단 아래로 밀쳤다. 그 여자가 자신에게 했던 것처럼.

딱 하나가 그때와 달랐다. 피. 영주는 진득한 피 때문에 손이 미끄러졌다. 힘을 너무 많이 준 나머지 손을 떼자마자 그만 균형을 잃고 말았다. 몸이 천천히 아래로 기울어졌다. 계단 위, 선호 옆에는 영주 대신 그 여자가 서 있었다. 영주는 그대로 정신을 잃었다.

얼마나 시간이 흘렀을까. 어깨에서 강한 통증이 느껴졌다. 어렵사리 눈을 떠 보니 흐릿하게 천장의 체리색 몰딩이 보였다. 오래된 펜션이나 낡은 가정집 같은데 도무지 알 수 없었다. 우리 집은 아니다. 그럼 우리 집은… 어떻게 생겼더라? 그보다, 나는 누구지? 머릿속이 텅 비었다. 가위에 눌린 듯 온몸을 꼼짝할 수 없었다. 겨우 들려 있던 눈꺼풀마저 제

멋대로 감겨 버렸다.

다시 암흑.

그런데… 방금 본 천장 각도가 45도쯤 기울어져 있었다. 똑바로 눕는다면 나올 수 없는 각도. 혹시 지금 높은 곳에서 떨어지고 있는 건가?

시간이 없다. 당장 깨어나지 않으면 죽을지도 모른다. 가위에 눌렸을 때처럼 온 힘을 손가락 끝에 집중했다. 하나, 둘, 셋.

공중에서 새끼손가락이 까딱여지면서 눈이 번쩍 떠졌다. 모든 게 눈 한 번 깜빡일 만큼의 찰나에 벌어졌다.

영주는 이 층 계단에서 추락하고 있었다. 한쪽 발이 계단 위에 걸쳐져 있는 걸 보니 아직 가능성이 있었다. 도와줄 사람이 있을지 몰라. 영주가 살짝 시선을 내리자 다행히 엄마가 보였다.

'구해 줘, 엄마!'

영주는 온 힘을 다해 손을 뻗었다. 그런데 가만 보니 엄마가 아니라 그 여자였다. 영주는 뻗었던 손이 부끄러워졌다.

그런데….

그 손이 영주에게 손을 뻗어 왔다. 그러고는 있는 힘껏

영주의 몸을 감싸안으며 몸을 웅크렸다. 영주의 털끝 하나
도 다치지 않게 하겠다는 의지가 느껴졌다. 계단으로 굴러
떨어지는 와중에도 영주를 껴안은 손은 조금도 힘을 풀지
않았다. 바닥에 닿기 직전까지도 자신의 몸을 방패 삼아 영
주를 보호했다.

둘은 함께 바닥에 추락했다. 추락하기 직전에 영주는
엄마가 과거 자신에게 주문처럼 속삭였던 말이 떠올랐다.

"나쁜 기억은 다 꿈이란다."

영주가 일곱 살 때도, 열네 살 때도 같은 말이었다.

당시 영주가 느꼈던 살의는 영주를 향한 게 아니었다.
정확히는 영주 뱃속을 향한 것이었다. 엄마는 영주를 유산
시키려 했다. 딸을 죽이려던 게 아니었다. 그 반대였다.

열네 살의 영주는 임신 중이었다. 영주를 임신시킨 사
람은 엄마의 남편이자 영주의 아빠였던 남자다.

26

노간주나무의 열매가 덜 영글어 아직 노란색을 띠던 즈음이었다. 열네 살 영주와 동갑인 여자아이가 영주네를 찾았다. 그 애는 왼손에 붕대를 감고 왔었다. 태어날 때부터 손가락이 하나 더 있었는데 잠든 사이 보육원 아이들이 강제로 잘랐다고 했다. 그 애는 곧장 도망쳤고 교회 소개로 영주네에서 몇 달간 치료 겸 머물렀다.

영주와는 곧잘 어울렸다. 피아노를 잘 쳐서 영주에게 젓가락 행진곡도 가르쳐 주었다. 이름은 '미조'였다. '아름다운 새'라는 의미였지만 보육원 서류에는 '길 잃은 새'로 한자가 잘못 적혀 있다며 쓴 미소를 지었다. 미조는 붕대를 풀고 손가락이 다 나은 뒤에도 한참을 고통스러워했다.

"환상통이야. 이미 절단되어 물리적으로는 존재하지 않는데도 통증이 느껴지는 거지."

영주 아빠는 어린 나이에 안됐다며 특별히 신경 썼다. 영주와 동갑이니 딸처럼 생각하는 듯했다. 매일 방에 들러 수술 부위를 살피고 이런저런 검진도 무료로 해 주었다. 영주는 미조를 좋아하면서도 아빠의 관심을 뺏기는 건 또 싫었다.

어느 저녁, 영주는 깜깜한 손님방에 들어가 미조가 쓰던 침대에 누웠다. 미조인 척 이불을 뒤집어쓰고 있다가 아빠를 놀라게 할 작정이었다. 하지만 그런 일은 벌어지지 않았다. 영주는 이제 와 이불 속에 있던 게 미조가 아니라 자신이었다고 말할 수 없었다.

그날 미조는 이미 집을 떠나고 없었다. 미조의 피아노 실력을 알아본 교회 사람의 소개로 기숙사가 있는 학교로 갔다는 이야기를 나중에 엄마에게 들었다. 아빠는 알고 있었을까. 생각이 거기에 닿자 영주는 더욱 혼란스러웠다. 나인 걸 알고 그랬던 걸까. 기분이 이상했다. 생각해 보니 처음이 아니었다.

'높은 곳에서 떨어지는데 날개가 없는 기분.'

일곱 살 영주는 아빠가 자신의 옷을 벗기고 한 행동이 뭔진 몰랐어도 딱 그런 기분이었다. 그래서 나무에 올라갔다. 나무가 죽을 만큼 힘들 때 다시 태어날 수 있다고 했으니 새가 되어 도망치고 싶었다. 안타깝게도 실패했고 아빠가 자신에게 저질렀던 짓마저 잊어버렸다.

그리고 열네 살 영주에게 비슷한 일이 또 벌어졌다.

끝없이 잠이 몰려왔다. 단순한 감기인 줄 알았는데 월경도 멈추었다. 제일 이상한 건 엄마였다. 아빠가 딸의 머리를 쓰다듬는 것조차 화를 냈다. 영주는 엄마가 자신과 아빠 사이를 질투한다고 생각했다. 엄마는 점차 신경질적으로 변했고, 아빠 몰래 영주를 괴롭히기 시작했다. 이상한 약을 먹여 토하게 하는 것도 모자라 계단에서 밀었다.

계단에서 떨어진 영주는 며칠간 의식이 흐릿했다. 매일 밤 귓가에 자장가가 들려왔다. 잠에 빠져들수록 엄마의 자장가는 알아들을 수 없는 소리로 바뀌었다. 새소리도 아니고, 말도 아니고, 노래도 아니면서 그 전부인 것 같기도 한 기묘한 소리.

엄마는 7년 전과 똑같은 말을 속삭였다. 그러자 나쁜

기억은 정말로 꿈이 되었다. 이번에도 영주는 모든 걸 잊었다.

그 대가로 경계가 흐릿해졌다.

27

서형사는 정약사의 전화를 받자마자 미곡 사건의 범인이 있는 구치소를 찾았다. 삭발했던 머리가 몇 달 사이 제법 자라 있었다. 여자는 갈색 병이 낙태를 위한 약이었음을 순순히 인정했다.

"원래는 세 번에 나눠서 마시라고 했어요. 그때 포기해서 결국 이렇게 되었지만…."

"왜 처음부터 말하지 않았나요?"

"…절 나쁜 엄마로 볼까 겁나서요."

구치소를 찾기 전 통화한 바로는 신양 사건의 범인도 똑같은 이유로 약의 원래 목적을 숨겼다고 진술했다. 서형사는 안타까웠다. 단지 나쁜 엄마가 되기 싫었던 두 여자가 어쩌다가.

　"전 정말 애를 사랑했는데…. 왜 이렇게 되었는지 모르겠어요."

　여자는 끝내 울음을 터뜨렸다.

　"차라리 그때 그 약을 다 마셨으면…. 제 아이가 더 좋은 부모 밑에서 태어났겠죠?"

　임신 당시 여자는 열아홉이었다. 미성년자라 병원에 가기 어려웠다. 낙태법은 폐지되었지만 그렇다고 낙태가 합법은 아닌지라 수술할 수 있는 병원이 별로 없었다. 무작정 가출한 상태라 당장 잘 곳도 마땅치 않은데 수술비가 있을 턱이 없었다. 먹는 낙태약인 미프진을 구하려다 가진 돈을 사기당한 뒤였다. 여자는 미프진 비슷한 걸 싸게 판다는 소문을 듣고 성목 이모를 찾아갔다.

　"대기표가 웃돈에 팔릴 만큼 인기가 많았거든요. 근데 저한테는 돈도 안 받고 약을 주더라고요."

　정작 여자는 약을 받아만 놓고 먹지 못했다. 결국 아이는 세상에 태어났다. 여자는 아이를 낳고도 약을 버리지 않앞다. 가끔 잠이 오지 않을 때 딱 한 방울을 물에 타 마시면 개운하게 긴 잠을 잘 수 있었다. 성목 이모는 용량에 따라 여러 효능이 있는 약이니 먹을 때 조심해야 한다며 단단히 경고했다.

"절대 다른 사람에게 주거나 용량을 어기면 안 된다고 했어요. 그런데 제가 어긴 거죠…."

여자는 자신의 실수는 숨긴 채 그 약을 준 성목 이모를 탓했다. 사람은 벼랑 끝에 몰리면 제 목에 겨눠진 칼끝을 다른 사람에게 돌리기도 하니까.

"누구라도 탓하고 싶었나 봐요."

사람들은 자신처럼 기댈 곳 없는 이들을 귀신처럼 알아보고 함부로 대했지만 성목 이모만은 달랐다. 돈도 받지 않고 여자에게 약을 줬을뿐더러 어떻게 사냐며 가끔 연락해왔다. 직접 만든 반찬을 가져올 때도 있었다.

"저한테 목적이 있어서 접근한 줄 알았거든요. 이상한 데에 저를 팔아넘기려나 의심도 했고요. 그런데 아니었어요. 정말… 선의였어요."

서형사는 수사 초기에 염두에 두었던 각종 괴담을 떠올렸다. 그중에는 정말로 도움이 절박한 사람도 있었을 테고, 오직 선의로 도움을 주려는 사람도 있었을 텐데 일부 범죄자들로 인해 전체가 오해받고 있었다. 지금은 누군가를 도우려 해도 먼저 '악의 없음'을 증명해야만 하는 세상이다.

그가 희수였을 때도 그랬다.

"그럼 증명해 봐."

영주는 희수의 꿈을 꿨다고 했다. 그걸 증명할 수 없다는 걸 알면서도 영주에게 악의가 없었다는 걸 꼭 확인하고 싶었다.

희수는 이미 진실을 알고 있었다. 대놓고 차별하는 엄마 때문에라도 자신을 질투할 법도 한데 영주는 그 반대였다. 훈련 후 땀에 젖었을 때 은밀히 옷을 빌려준 것도, 갑자기 월경이 시작되었을 때 몰래 생리대를 챙겨 준 것도 모두 영주였다. 희수 역시 영주가 잠결에 제 팔을 꼬집을 때 달려가 말리기도 했다. 반창고를 붙여 줄 때도 있었다. 그럼에도 같은 방을 쓰는 내내 둘은 서로의 선의를 모르는 척했다.

이 사건의 진범은 영주가 아니었다. 늘 에이스였던 희수에 대한 열등감으로 영주를 거짓 지목했던 유도부 동기도 아니었다. 진범은 처음부터 명백히 정해져 있었다. 희수를 성추행했던 코치다. 처음부터 알고 있었음에도 희수의 칼끝은 코치도 아니고, 동기도 아니고, 영주에게 향했다.

"이해가 안 돼. 남의 꿈을 어떻게 대신 꿀 수 있지?"

영주가 큰 비밀이라도 들킨 듯 굳어 버리자 희수는 더 몰아붙였다.

"자는 사이 나한테 빙의라도 한다는 말이야? 어떻게 그게 가능해?"

잠시 고민하던 영주가 결심한 듯 일어서더니 천천히 희수에게 다가와 코앞에 섰다. 희수는 당황한 나머지 말을 더듬었다.

"뭐, 뭐 하는 거야?"

"알고 싶다며. 어떻게 하는지."

영주는 한 손은 희수의 심장 위에, 그리고 다른 한 손은 자신의 심장 위에 갖다 댔다. 그리고 심장박동을 느끼듯 잠시 서 있다가 가만히 희수를 껴안았다.

"날 사람이 아니라 침대라고 생각해. 지금부터 너는 침대에 엎드려 자는 거야."

뿌리칠 수도 움직일 수도 없었다. 몇 분간 적막이 흘렀다. 희수는 속는 셈 치고 영주가 말한 대로 상상했다. 지금 나는 영주를 껴안고 있는 게 아니다, 침대에서 잠든 거다. 어느새 긴장이 풀어지면서 마음이 고요해졌다. 적막 속에서 다양한 소리가 들려왔다. 창밖의 새소리, 방 안의 시계 초침 소리, 자신의 몸에서 나는 심장 소리. 영주의 심장박동도 느껴졌다.

"이러면 심장이 같은 속도로 뛰거든. 그럼 네 꿈을 꿀 수 있어."

그러면서 영주는 희수의 어깨를 토닥였다. 자신에게 벌어졌던 일을 위로하는 다정한 손길이었다.

"네 잘못이 아니야, 희수야."

그 말에 희수는 갑자기 감정이 복받쳐 올랐다. 코치와의 일은 자신이 약한 탓에 벌어진 것이라 자책했었다. 그동안 스스로 강하다고 믿어 의심치 않았던 만큼 약한 자신을 용납할 수 없었다. 희수는 영주의 어깨에 얼굴을 묻고 한참을 소리 없이 울었다. 그리고 영주에게 입을 맞췄다.

그 일이 있고부터 희수는 이전으로 돌아갈 수 없었다. 영주를 떠나보냈고 희수라는 이름도 버렸다.

구치소에서 나온 서형사는 다시 차에 탔다. 목적지를 입력하려고 보니 어디로 가야 할지 막막했다. 시동을 끄고 멍하니 창밖을 바라봤다.

거리에는 벌써 낙엽이 뒹굴고 있었다. 언제 이렇게 가을이 온 걸까. 쫓기듯 살아오느라 계절이 변하는 걸 보지도 못했다.

근처 소나무 위로 백로 한 마리가 날아와 앉았다. 백로는 여름 철새다. 봄이 오면 한국에 왔다가 가을이 되면 더 남쪽으로 날아간다. 서형사는 궁금했다. 백로의 진짜 집은 둘 중 어디려나. 예전에 영주에게도 비슷한 질문을 한 적이 있었다.

"언니는 왜 그렇게 새를 좋아해?"

"…. 새 말고 철새를 좋아하는 거야."

이리저리 옮겨 다니는 철새는 대부분 부정적인 의미로 통했다. 그런데도 영주는 철새가 좋다고 했다.

"철새는 집이 계속 바뀌잖아. 먼 거리를 이동할 만큼 지금 자기에게 맞는 온도를 정확히 안다는 게 부러워."

그 말에 서형사는 참수리가 떠올랐다. 참수리의 본능은 언제나 사냥감을 향한다. 서형사 역시 언제나 나쁜 놈들이 있는 곳으로 움직였다. 이유는 깊이 생각할 필요가 없었다. 유도를 그만두고 어떻게 살아야 할지 막막했을 때, 그 본능은 일종의 소실점이 되어 주었다. 쉬지 않고 달려온 서형사는 영주를 다시 만난 다음 비로소 소실점에 도착한 기분이었다. 그의 인생에서 가장 나쁜 사람이 영주였다고 여겨 왔으니 그럴 만도 했다.

서형사는 유도를 그만둔 것도, 희수라는 이름을 버린

것도, 형사가 된 것도, 새를 좋아하게 되어 애인과 만난 것도, 그리고 헤어진 것도 전부 영주 탓이라고 생각했다.

막상 영주를 만나고 보니 전부 자신의 착각이었다. 진짜 이유는 따로 있었다. 그게 뭔지 아직은 알 수 없었다. 그역시 종종 보이지 않는 칼 때문에 자신의 진심을 잊고 살았으니까. 서형사는 호기심이 일었다. 도대체 이 심장은 어디를 향해 뛰고 있는 걸까. 가슴 위로 손을 얹어 보았다. 나쁜놈들에게만 반응하는 가슴치곤 온도가 꽤 높았다.

쿵쿵쿵.

심장 소리가 귀까지 들려왔다. 그러자 희수였던 시절의마지막 기억이 생생하게 떠올랐다. 처음 자신의 심장박동을 들었던 날. 처음으로 자기 마음에 귀 기울이고 솔직하게행동했던 날. 그날의 해방감이 떠오르자 긴장이 풀리면서적막 속 진심이 들려왔다.

'지켜 주고 싶다.'

서형사는 그동안 자신이 나쁜 놈을 잡고 싶어 한다고착각했는데 그게 아니었다. 그는 누군가를 지키고 싶은 거였다. 특히 영주를.

'고아, 기분 나쁜 여자애.'

희수 눈에는 세상이 영주의 목에 겨눈 칼이 보였다. 그로부터 영주를 지켜 주고 싶었는데 마음과 달리 엄마에게 당하는 것도 방관한 데다가 마녀 같다며 비난했다. 그러지 않으면 그 칼이 자신을 겨눌 것만 같아서였다. 영주를 지키지는 못할망정 나약한 자신을 숨기려고 오히려 상처를 준 자신이 혐오스러웠다. 그래서 희수라는 이름도 버리고 자신에게 벌을 주듯 살아왔다. 세상에서 제일 나쁘고 추악한 놈들을 잡아야만 죄책감이 줄어들 것 같아서 모든 걸 내팽개치고 일에만 매달려 왔다.

이것이 20여 년 만에 깨달은 자신의 진심이었다.

잠시 후, 서형사는 결심한 듯 목적지를 입력했다. 경찰이 되었으니 이번에는 영주를 도울 수 있을지도 몰랐다. 아이러니하게도 희수라는 이름을 죽도록 미워한 덕분이기도 했다. 독과 약은 결국 같았다.

차가 출발하자 나무 위 백로가 집을 향해 힘차게 날아올랐다.

28

광옥은 스물네 살 때 딸을 낳았다. 남편을 만난 지 일주일 만에 가진 아이였는데도 당황하지 않았다. 열아홉 살부터 조산사로 일했던 광옥은 내내 이 순간을 기다렸다. 앞으로 열 달간 어떤 일이 펼쳐질지 설레서 잠도 오지 않았다. 막상 경험하니 실로 놀라웠다. 뱃속 아이는 자신도 아니고, 자신이 아닌 것도 아니었다. 그동안 알던 세계가 뒤집히는 기분이었다.

1988년 여름이었다. 제주도에 살던 광옥은 서울 구경을 할 수 있다는 말에 조산사 동료 언니를 따라 세미나에 참석했다. 생각보다 큰 행사였다. 전국의 조산사들은 물론이고 보건대 교수, 대형병원 산부인과 전문의까지 모였다. 광옥이 소속된 조산사협회는 산파라 일컬어지는 비전문적인 이미지를 쇄신하기 위해 여러모로 힘썼는데, 그 일환의 하나로 열린 행사였다. 어린 광옥은 행사가 빨리 끝나 서울 구경을 하기만 바랐다.

그런데 행사 중반부에 일이 생겼다. 만삭이던 동료 언니의 양수가 예정일보다 일찍 터졌다. 사람들이 당황하는 사이 광옥이 노련한 솜씨로 출산을 진두지휘했다. 의사 하나가 광옥을 도왔는데 그와 결혼하게 되었다.

서둘러 한 결혼이었지만 큰 탈 없이 지냈다. 남편을 따라 연고가 없는 서울로 온 것도, 의사인 남편에 비해 가방끈이 짧은 것도, 그런 자신을 못마땅해하는 시누이가 있는 것도 힘들었지만 딸이 있어 버틸 수 있었다. 딸은 호기심 많고 활기찬 아이였다. 오늘은 어떤 일이 있었는지, 어제는 무슨 꿈을 꿨는지 새처럼 계속 조잘대며 광옥을 따라다녔다.

딱 하나, 제주도에 있는 어머니를 자주 볼 수 없다는 게 아쉬웠다. 그러던 차에 마당의 노간주나무가 눈에 들어왔다. 이파리가 뾰족한 것이 왠지 무서운 인상이지만 알고 보

면 인간에게 내주는 게 많은 나무. 그 점이 광옥의 어머니와
닮았다.

광옥의 어머니는 강한 인상과 달리 동네에서 인기가 많
았다. 배운 건 없었지만 모르는 게 없었다. 사람들은 막막할
때 일단 어머니를 찾았다. 한 날은 옆집 고등학생이 급체로
쓰러졌는데 온갖 약을 써도 듣질 않았다. 어머니는 옆집에
주라며 광옥에게 뭔가를 쥐여 주었다. 자귀나무 가루에 들
기름을 개어 만든 고약이었다. 자귀나무는 가슴 두근거림
이나 우울증에 좋은 약재로 알고 있어 의아했다.

"일단 마음부터 달래야 한다. 명치에 발라 주고는 시장
앞 사거리에 있던 나무로 만들었다고 꼭 말해 주어라."

어머니가 시키는 대로 했더니 다음 날 병세가 좋아졌다
는 소식이 들렸다. 광옥이 비법을 묻자 어머니가 대답했다.

"사람의 몸과 마음은 연결되어 있단다."

어머니는 마음의 고통이 몸의 통증을 유발하는 경우가
생각보다 많다고 했다. 알고 보니 그 고등학생은 짝사랑하
던 이가 이사 간 뒤 상사병에 걸렸고, 그 고통이 체기로 드
러난 거였다. 광옥이 '시장 앞 사거리에 있던 나무로 만든
약'이라고 하자마자 닭똥 같은 눈물을 뚝뚝 흘린 이유도 그
곳이 짝사랑 상대의 집이었기 때문이다.

사람들은 어머니가 다른 이의 속사정을 어떻게 알아내
는지 궁금해했다. 어머니는 말하지 않았지만 광옥은 알 것
같았다. 자신도 가끔 다른 사람의 꿈을 대신 꾸었으니까. 길
몽도 있고 흉몽도 있었다. 광옥이 하는 건 그 꿈을 잘 기억
했다가 제 주인을 찾아내는 것뿐이었다. 그건 비밀이 아니
라 비법이었다.

광옥은 제주도에 살 때 어머니에게 배운 걸 기억했다가
다양한 약초와 제철 식물로 각종 효소를 만들어 필요한 이
들에게 나눠 주었다. 그게 소문이 퍼져 이따금 모르는 사람
이 찾아오기도 했다. 시누이는 비꼬듯 말했다.

"처녀 때 산파로 일한 것도 수상한데 그런 걸 어떻게 다
알아요? 이러다가 신내림도 받는 거 아냐."

광옥은 어머니를 닮아 기억력이 좋은 것뿐이었다. 어
머니도 할머니에게 물려받았겠지. 할머니도 자신의 어머니
로부터…. 수백 년간 광옥의 할머니들이 전해 준 선물인 셈
이다.

딸의 일곱 번째 생일 다음 날이었다. 광옥이 식사 준비
를 하고 있는데 딸이 잠옷 차림으로 마당으로 뛰쳐나왔다.
평소에도 곧잘 뛰어다녔으니 이상한 일은 아니었다. 그런

데 평소와는 조금 달랐다. 도망치듯 온 힘을 다해 전속력으로 달리더니 그대로 나무를 타고 꽤 높은 곳까지 올라갔다. 짐승 같은 몸짓이었다.

"영주야! 위험하니까 내려와!"

어른들이 아무리 달래도 딸은 필사적으로 버텼다. 30분 뒤, 힘이 다 빠졌는지 아래로 추락했다. 미리 준비해 둔 이불 위로 떨어져 다치진 않았지만 나무 위에서 얼마나 용을 썼는지 입술은 다 터지고 뭔가에 홀린 듯 표정도 텅 비었다. 시누이는 엄마가 신내림을 안 받아서 딸에게 간 거 아니냐며 함부로 말했다.

사람들이 돌아간 다음 광옥이 조심스레 물었다.

"왜 그랬니."

딸은 입을 다물었다. 광옥도 물러서지 않았다. 집요하게 묻자 조금씩 입을 열었다.

"아빠가… 비밀이라고 했는데."

"아빠가…?"

어제 광옥은 남편이 이 층에서 내려오는 걸 봤다. 잠든 딸이 보고 싶었나 보다 하고 가볍게 생각했었는데. 불길했다. 그날 밤 무슨 일이 있었던 걸까.

다음 날부터 남편의 주변을 뒤졌다. 그러다 서재에서

앨범 하나를 발견했다. 가족이나 친구 대신 환자들 사진이 잔뜩 들어 있었다. 이게 뭐지? 자세히 보니 사진들이 이상했다. 죄다 나체의 가슴이나 하반신이 찍혀 있었다. 언뜻 봐도 다른 목적이 있어 보였다.

설마. 광옥은 고개를 저었다. 오해겠지. 남편을 믿고 싶었다. 광옥은 가지치기한 나무와 함께 앨범을 불태운 뒤 영주에게 말했다. 광옥 인생의 가장 치명적인 실수였다.

"엄마 말 잘 들어. 그날 일은 비밀이야. 아무한테도 말하면 안 돼."

"왜…?"

"왜냐하면…. 그런 일은 없었으니까."

광옥은 어머니가 썼던 약 하나를 떠올렸다. 노간주나무로 만든 약이었는데 용량에 따라 효능이 달라 다양한 상황에 사용할 수 있었다. 원치 않은 임신을 했을 때, 몸을 해치지 않고 피임하고 싶을 때, 불안이나 나쁜 기억 때문에 잠을 이루지 못할 때.

"여자 몸에서 뭔가를 밖으로 내보낼 때 쓰는 거란다."

광옥은 딸의 기억을 몸 밖으로 내보내기 위해 그 약을 썼다. 다행히 딸은 광옥의 바람대로 그날 밤 기억을 잊었지만 원래의 활기차고 수다스러운 성격도 잃어버렸다. 예전처럼 엄마를 따라다니며 조잘대는 대신 방에 혼자 있는 시간이 많아졌다. 그래도 광옥은 안도했다. 그런 기억을 안고 살아가는 것보단 나았으니.

자신이 남편을 막을 수 있다고 믿은 건 그다음으로 치명적인 실수였다. 광옥은 가능한 한 남편과 딸이 둘만 있는 상황을 만들지 않으려 노력했다. 며칠에 한 번은 불면증을 핑계로 영주의 옆방에서 자기도 했다. 남편도 더는 딸의 방에 들어가지 않는 눈치였다.

7년이 지났다. 딸은 열네 살이 되었고 남편이 집에 있는 시간도 줄었다. 집에 머무는 손님을 챙기느라 광옥은 훨씬 더 분주해졌지만 다시 평화를 찾은 듯해 안도했다. 딸도 그즈음 집에 머물던 동갑내기와 친해져 평소보다 활기차 보였다.

그런데 동갑내기 아이가 떠난 날부터 딸이 이상해졌다. 멍하니 하늘만 보거나 속이 안 좋다며 식사를 자주 걸렀다. 친구가 떠나 외로워서 그런가 했지만 생리대가 줄지 않는 걸 보고 무슨 일이 생겼음을 알았다.

"다시 태어나고 싶어."

마당에 있던 딸이 대뜸 말했다. 깜짝 놀란 광옥이 딸을 바라봤다. 7년 전처럼 얼굴이 텅 비어 있었다. 광옥이 추궁하자 딸은 그날 밤 일을 드문드문 꺼냈다. 자신이 임신한 사실은 모르고 있었다.

광옥은 자신의 실수를 뼈저리게 후회해야 했다. 그때 이혼하고 딸을 남편에게서 떨어뜨려 놨어야 했는데. 시간을 되돌릴 순 없지만 이대로 있을 수도 없었다. 딸을 대낮에 산부인과로 데려가려니 그것도 걱정되었다. 광옥은 딸의 남은 인생을 위해 모든 걸 혼자 감당하기로 했다.

광옥은 다시 한번 노간주나무 약을 썼다. 이번엔 한 병을 세 번에 나눠 하루 안에 다 마셔야 했다. 그만큼 농도가 짙어 어른에게도 쉬운 일이 아니었다. 어릴 때 동네에 살던 누군가도 이 약을 먹다가 실신한 적이 있었다. 열네 살의 딸은 몇 번이나 구토를 반복했고 끝내 약을 다 먹지 못했다. 이제 물리적인 방법만이 남았다.

광옥이 뭘 하려는지 말해 줄 순 없었다. 딸은 자신이 임신했었다는 사실조차 몰라야 했다. 광옥은 딸을 위해 나쁜 엄마가 되기로 했다.

"엄마…!"

딸이 계단으로 추락하기 직전 손을 뻗었지만 잡을 수 없었다. 꼭 유산이 되어야 했다. 그래야 네가 사니까.

쿵!

광옥은 두 눈을 질끈 감았다. 딸의 아랫도리에서 검붉은 피가 흘러나왔다. 이번은 성공 같았다. 딸은 자신을 밀친 엄마를 도와 달라는 듯 애처롭게 바라보고 있었다. 눈물이 터져 나왔지만 참았다. 아무렇지 않은 듯 발로 치마를 들추었다. 날 나쁜 엄마로 생각하렴. 광옥은 정신을 잃고 쓰러지는 딸의 귓가에 마지막으로 속삭였다.

"나쁜 기억은 다 꿈이란다. 전부 잊고 새로 태어나는 거야."

딸이 어느 정도 회복된 어느 날, 광옥은 남편을 위한 신선한 녹즙을 짰다. 텃밭 약초들로 특별히 제조했다. 광옥은 마당에 있는 남편에게 녹즙을 가져갔다. 꽃잎까지 띄웠다.

"웬 꽃이야?"

"급하게 마시지 말라고요. 당신 혹시 체할까 봐."

남편은 만족스러운 얼굴로 녹즙이 든 컵을 깨끗이 비웠다. 광옥은 빈 잔을 들고 부엌으로 돌아왔다. 입꼬리엔 묘한 미소가 걸려 있었다.

광옥은 청소기를 돌리며 마당 쪽을 힐끗 봤다. 남편은 여유롭게 테이블에 앉아 신문을 읽고 있었다. 시계를 보니 녹즙을 마신 지 막 10분이 지난 참이었다. 청소를 마치고는 전축 볼륨을 가장 크게 틀었다. 그와 함께 요리를 시작했다.

그 시간, 남편의 얼굴이 일그러지기 시작했다. 가슴 쪽으로 전해지는 갑갑함에 점점 숨이 막히는 듯 보였다. 가슴을 움켜쥐며 의자에서 일어섰지만 몇 발자국 가지 못하고 쓰러졌다. 마지막으로 부엌 창문 쪽을 보며 뭐라고 외쳤으나 전축 소리 때문에 광옥에겐 들리지 않았다.

"여보, 식사하셔야…지요."

죽은 사람은 식사를 못 한다. 나무 아래에는 남편이 토한 시뻘건 핏자국이 보였다. 길지 않은 시간이었을 텐데 피가 제법 스며들어 있었다. 광옥은 남편의 피를 받아 마신 노간주나무를 불길한 듯 올려다봤다.

자신에게 많은 걸 준 나무였지만 찝찝했다. 남편의 피가 나무의 열매가 되고 이파리가 되면 나쁜 기운까지 남아 있을 것 같았다. 광옥은 나무를 베려고 도끼를 가져왔다. 하지만 도끼를 내리치기 직전에 생각을 바꿨다. 이 나무가 언젠가 또 도움이 될지도 모를 일이었다. 광옥은 도끼를 내려두고 차분하게 뒤처리를 이어 나갔다.

사인은 심장마비로 판명됐다. 남편은 원래 심장이 약했다. 광옥이 특별히 제조한 녹즙은 몸에 흔적을 남기지 않았기 때문에 타살 의혹도 없었다. 오직 시누이만 광옥을 의심했다. 끝까지 부검을 주장했으나 광옥이 재혼을 핑계로 상속을 포기하겠다고 하자 수그러들었다. 딸이 집을 상속받기 위해서는 법정대리인이 필요했다. 광옥은 딸의 고모인 시누이에게 부탁했다.

"영주가 고등학교 졸업할 때까지만 부탁드려요. 그 뒤엔 저 알아서 살겠죠."

"그래야지 어떡해요. 새아버지 밑에서 크게 둘 수도 없고…."

막상 떠나려니 딸이 눈에 밟혔다. 그래도 어쩔 수 없었다. 자신이 있는 한 딸은 기억으로부터 완전히 자유롭지 못할 테니.

그로부터 20년이 흘렀다. 광옥은 아주 작은 희망을 품었다. 이제는 딸이 그 일을 완벽히 잊지 않았을까. 그렇다면 다시 얼굴을 보는 날이 올지도 몰랐다. 자주 보진 못하더라도 딸에게 밥 한 끼 차려 주고 싶었다.

며칠 뒤 기적 같은 일이 벌어졌다. 딸이 제 발로 광옥을 찾아왔다. 그리고 광옥의 바람대로 이 집에 있었던 일들을 기억하지 못했다.

그런 줄만 알았다.

29

계단 아래로 굴러떨어진 영주가 눈을 떴다. 고개를 돌리자 기절한 광옥이 있었다. 계단에서 떨어질 때 영주를 감싸안아서인지 온몸이 상처투성이였다.

영주는 힘없이 천장을 바라봤다. 체리색 몰딩이 보였다. 일곱 살 영주의 방도, 열네 살 영주가 미조 대신 누워 있던 옆방도 같은 광경이었다.

영주는 그날 밤들로 돌아갔다. 두 명의 어린 영주가 각기 누워 똑같은 천장을 바라보고 있었다. 기다린 듯 시커먼 그림자가 불쑥 덮쳐 왔다.

'이 그림자는 뭐지?'

어린 영주들이 도망가면 그림자도 따라왔다. 그러더니 그림자가 영주들의 몸을 휘감았다. 비명을 지르려고 하자 그림자에서 시커먼 손이 튀어나와 입을 틀어막았다. 그와 함께 익숙한 냄새가 풍겨 왔다. 아빠의 로션 냄새! 그걸 깨닫자마자 어린 영주들의 숨이 턱 막혔다.

"헉...!"

동시에 계단 아래 쓰러져 있던 서른여섯의 영주도 숨을 헐떡였다. 딸의 신음에 광옥이 겨우 몸을 일으켜 영주에게 다가갔다. 영주는 가위에 눌린 것 같았다. 꿈속에서도 숨이 막히는 듯 두 손으로 목을 쥐고 있었다.

광옥은 영주에게 무슨 일이 벌어지고 있는지 직감했다.

"영주야! 엄마 여기 있어."

광옥은 가위 눌린 영주의 두 손을 꼭 잡고 꿈속에까지 들리도록 크게 외쳤다.

'엄마 말 잘 들어. 당장 그 방에서 나와야 해!'

엄마는 안 보이는데 온 집에서 목소리가 울려 퍼졌다. 꿈속 어린 영주들은 겨우 그림자를 따돌리고 방문 앞으로 달려갔다.

"엄마, 문이 잠겨 있어!"

엄마의 다급한 목소리가 다시 온 집에 울려 퍼졌다.

'주변에 문을 열 만한 게 있는지 봐!'

책상 위에 작은 가위가 보였다. 어린 영주들은 가위로 열쇠 구멍을 돌려 봤지만 소용없었다. 그림자는 다시 집요하게 다가왔다. 어린 영주들이 가위를 휘두르며 아무리 애를 써도 그림자는 연기처럼 퍼져 영주들의 몸속 모든 구멍으로 스며 들어갔다.

눈, 코, 입, 귀, 항문, 생식기까지. 어린 영주들의 몸 구석구석 스며든 그림자는 점점 팽창하면서 몸을 조여 왔다. 찢어질 듯한 고통에 어린 영주들이 비명을 질렀다. 그림자는 몸 안에서 한참을 꿈틀거리다가 빠져나갈 구멍을 찾은 듯 배꼽 쪽으로 돌진했다. 하지만 배꼽은 막힌 구멍이었다. 빠져나가지 못한 그림자는 몸속에서 점점 커졌다. 고통을 참다못한 꿈속의 어린 영주들은 자기 배꼽을 향해 가위를 내리꽂았다.

동시에 영주도 바닥에 떨어진 가위를 향해 손을 뻗었다. 그리고 자신의 배를 향해 힘껏 내리꽂았다.

"안 돼!"

광옥이 가까스로 가윗날을 잡았지만 가위에 눌린 영주

의 힘은 놀라웠다. 광옥의 손에서는 피가 뚝뚝 흘러내렸다.

　한편 어린 영주들을 괴롭히던 검은 그림자는 어느새 몸의 일부가 되어 버렸다. 마치 몸속 깊이 박혀서 분리할 수 없는 거대한 못처럼. 이제는 너무 늦어 버렸다. 언젠가 광옥이 했던 말처럼 못이 박힌 채로 살아가야 할까. 꿈속의 어린 영주들은 저항을 포기한 듯 결국 가위를 떨어뜨렸다.

　서른여섯의 영주도 가위를 놓았다. 덕분에 광옥은 잠시 숨을 돌릴 수 있었지만 영주의 상태가 심상치 않아 보였다. 영주의 가슴에 귀를 대보니 심장박동이 너무 약했다.

　'영주야, 엄마 말 들려? 들리면 제발 대답해!'

　꿈속의 어린 영주들이 간신히 답했다.

　"엄마… 나 포기할래. 너무 아파…"

　'영주야, 엄마 말 잘 들어.'

　엄마는 중요한 말을 할 때 늘 그랬듯이 낮게 속삭였다.

　'아픈 게 아니라 네 안에 있는 뭔가가 밖으로 나오려고 하는 거야.'

　어린 영주들은 힘없이 누워 천장을 바라봤다. 차라리 누가 이 기억을 지워 주었으면. 전부 없던 일이 되었으면.

　"모르겠어… 나 못 할 거 같아."

　'영주야, 할 수 있어. 해 봐서 알잖아.'

내가? 영주들은 기억을 떠올렸다. 일곱 살 영주가 해 본 건 마당에서 뛰어논 게 전부인데. 열네 살의 영주도 학교에 다니고 친구들과 논 기억밖에 없었다. 서른여섯의 영주도 마찬가지였다. 남들처럼 일하고 아이를 낳은 게 전부였다.

다시 기억이 가물거리던 순간, 영주의 정신이 번쩍 들었다. 선호를 낳을 때. 내 몸 안에 있는 뭔가를 밖으로 내보냈던 기억. 엄마 말이 맞았다. 해 본 적이 있는 일이었다. 영주는 산모들이 아파서 죽겠다고 할 때마다 귓가에 대고 말해 주었다.

"고통이 아니라 수축이에요."

"네…?"

"이유 없이 몸이 찢어지는 게 아니라 안에 있는 뭔가가 밖으로 나오려고 그런 거라고요. 힘들어도 그 사실을 잊지 마세요."

영주 덕분에 산모들은 극심한 고통 속에서도 자신이 지금 뭘 하고 있는지 기억해 내곤 곧 제 호흡을 찾았다.

영주는 깨달았다. 여길 떠나면서 두고 왔던 게 뭔지. 지금 자신이 하려는 게 무엇인지. 자신이 집에 두고 왔던 건 단순히 꿈이나 기억이 아니었다. 일곱 살, 그리고 열네 살의 자신이었다. 그리고 내내 이 집에 갇혀 있던 그들을 지금 서른여섯 살의 영주가 밖으로 꺼내려는 중이었다. 그림자가 자신의 몸을 찢으려는 게 아니라 어린 영주들이 밖으로 나오려는 것이었다.

그런데 심장박동이 점점 느려지고 있었다. 내가 할 수 있을까.

'할 수 있어. 해 봐서 알잖아.'

영주는 다시 한번 엄마 말을 떠올렸다. 그래, 분명 해 봤다. 서른여섯 인생에서 줄곧 실수라고 생각했던 경험. 이 모든 일의 발단이 된 경험. 아이러니하게도 지금 그것이 절실히 필요했다. 영주는 마음의 준비를 하고 호흡을 가다듬었다.

꿈속의 어린 영주들이 그림자와의 사투에 지쳐 있는데 또다시 목소리가 들려왔다. 이번엔 엄마가 아니라 영주 목소리였다.

'조금만 버텨! 내가 도와줄 테니까.'

영주는 선호를 낳을 때를 떠올렸다. 수축과 이완이 반복되는 내내 괴롭고 고통스러웠지만 몸에 있는 게 빠져나오면서 고통이 끝났었다. 영주는 이 고통이 영원한 게 아니라 언젠가 끝난다는 사실을 되뇌었다. 그리고 손가락 끝에 온 힘을 집중했다.

하나, 둘, 셋.

엄청난 고통이 파도처럼 밀려왔으나 아직이었다. 어린 영주들은 여전히 꿈에 갇혀 있었다.

다시.

반복될수록 영주는 지쳐 갔다. 심장박동이 점점 느려졌다. 정말로 심장이 멈추기 직전이었다. 마지막으로 시도할 힘만 남아 있었다.

하나, 둘….

셋을 세기 전, 영주는 어릴 때 나무가 했던 말을 기억해 냈다.

'사람은 죽을 만큼 힘들 때 다시 태어날 수 있단다.'

셋.

그 순간, 영주의 새끼손가락이 까딱거렸다. 그리고 눈이 번쩍 떠졌다.

"영주야!"

"엄마…."

광옥은 깨어난 영주의 뺨을 어루만지며 하염없이 눈물을 흘렸다. 영주는 아주 오랜만에 엄마를 만난 기분이었다. 엄마 뒤로 살포시 달빛이 비쳤다. 보름달이었다.

달은 아무리 모습을 바꾸어도 언제나 그 자리에 있다는

걸, 영주는 뒤늦게 깨달았다.

힘이 다 빠진 광옥이 앞으로 고꾸라졌다.

"엄마!"

광옥의 배에서 울컥 피가 쏟아지고 있었다. 계단에서 떨어지면서 영주가 들고 있던 가윗날에 찔렸던 모양이다. 이제껏 이 고통을 참고 자신을 살리려 했다니….

영주가 뒤늦게 상처를 막아 보려고 했으나 출혈이 너무 컸다. 지혈을 위해 서둘러 외투를 벗는데 주머니에서 사진 한 장이 떨어졌다. 선호가 노간주나무 아래서 찍은 사진이었다.

그런데 달빛 덕분에 이제껏 보지 못했던 게 보였다. 사진 아래에 날짜가 흐릿하게 쓰여 있었다. 세월 때문에 숫자가 많이 바래져 있었다.

'1964년 1월.'

일곱 살이었을 아빠가 놀랄 만큼 선호와 똑같은 얼굴로 나무 밑에 서 있었다. 영주는 그제야 선호가 누굴 닮았는지 깨닫고 울음을 터뜨렸다.

"으흑…."

"영주야…."

울고 있는 딸의 소매를 광옥이 잡아끌었다. 그도 처음

손자를 봤을 때는 몰랐다. 짓궂은 구석이 있다고만 여겼을 뿐 남편의 피를 이어받았을지는 조금도 몰랐다. 그러나 손자가 실수로 노간주나무로 만든 약을 마신 다음 모든 게 달라졌다. 그의 피가 나무를 통해 손자의 몸으로 들어갔다는 걸 알고서 광옥의 불안은 점점 커졌다.

'그때 나무를 베었어야 했는데.'

손자를 볼 때마다 자꾸 남편이 겹쳐 보였다. 외모만이 아니라 영주를 괴롭히는 존재라는 점마저 같았다. 타고난 핏줄을 바꾸는 방법은 없다고들 해도 광옥은 믿지 않았다. 세상의 모든 건 변한다. 당연히 핏줄도.

딸을 위해서라도 손자를 새사람으로 만들어야 했다. 광옥의 어머니는 이럴 때 삼칠일 동안 몸에서 피를 한 방울씩 빼낸 뒤 매일 기도하고 치성을 드리면 된다고 했다. 광옥은 진심으로 손자가 새사람으로 태어날 수 있을 거라 믿으며 정성껏 정화 의식을 진행했다. 하지만 광옥이 깨닫지 못했던 게 하나 있었다.

이제 딸은 어른이었다. 몸이 자란 만큼 마음도 자랄 수 있었다. 그런데도 광옥은 자신이 딸을 지켜야 한다고만 생각했다.

"널 지켜 주려고 했는데…. 나 때문에 네가 자라지 못했구나."

광옥은 숨이 잘 쉬어지지 않는 듯 겨우 말을 토했다. 시간이 얼마 남지 않아 보였다.

그때 이 층에 선호가 보였다. 방에 숨어 있다가 나온 듯했다. 영주는 선호 옆에 떨어져 있는 휴대폰을 보며 외쳤다.

"선호야! 엄마 전화로 119에 신고해. 방법 알지?"

그러나 선호는 뒷걸음질을 쳤다.

"엄마가 할머니 다치게 했어…."

"그런 거 아니야 선호야! 그럼 엄마한테 휴대폰 던져."

"싫어! 우리 엄마 아니야!"

선호는 제 방으로 도망쳤다. 영주는 막막해졌다. 이 층으로 올라가자니 지혈을 멈춰야 했고, 그대로 있자니 광옥의 상태가 심각했다. 광옥은 다 꺼져 가는 소리로 말했다.

"괜찮아, 영주야. 난 좀 자야겠다…."

영주는 마지막임을 직감했다. 광옥은 정말로 잠들기 전처럼 편안해 보였다. 엄마의 머리가 닿은 무릎 위에서 익숙한 온기가 느껴졌다. 언젠가 느껴 본 적이 있었다. 어릴 때 나무 아래에서 낮잠을 자던 꿈. 내내 혼자인 줄 알았는데 아니었다. 영주는 엄마의 무릎을 베고 있었다. 그때 엄마의 무릎은 봄볕처럼 포근했고 딸의 머리칼을 살살 쓰다듬는 손길은 한없이 따뜻했다. 꿈이 아니라 분명한 기억이었다. 가장 행복했던 기억.

영주는 긴 잠을 청하는 엄마의 손을 꼭 잡았다. 더 이상 엄마를 닮은 자신의 손이 부끄럽지 않았다. 영주는 그 손으로 엄마의 머리를 쓰다듬으며 자장가를 부르기 시작했다. 그리고 잠든 엄마의 귓가에 나지막이 속삭였다.

광옥의 입가에 작게 미소가 번져 나갔다.

30

'얼마나 더 커야 주인공이 될 수 있을까.'

선호는 궁금했다. 엄마만큼 키가 크면, 혹은 스무 번째 생일 케이크를 먹을 때쯤이면 되려나. 아빠를 본 적은 없지만 그만큼 커야 할지도 모른다.

선호는 얼마 전 겨우 여섯 살이 되었다. 친구들도 못 만나고 생일 파티도 못 했지만 엄마가 선물로 게임기를 사 주어서 괜찮았다. 같은 층에 사는 고등학생 형도 가지고 있는 게임기였다. 그 형은 동화책에 나오는 왕자처럼 키가 컸다.

발도 컸다. 엄마 몰래 형이 집에 놀러 온 적이 있는데 현관문에 놓여 있는 커다란 구두가 딱 맞았다.

엄마는 항상 선호가 그 형처럼 되길 바랐다.

"얼른 코 자야 형아처럼 키가 쑥쑥 자라지."

"우리 선호도 얼른 자라서 엄마를 지켜 줘야지."

선호도 하루빨리 형처럼 되고 싶었다. 하지만 어린이집 선생님은 선호가 친구들보다 키가 작다는 이유로 학예회 연극 때 작은 새1을 시켰다. 주인공은 남자아이 중 키가 제일 큰 하율이가 했다. 선호가 맡은 작은 새1은 악당이 던진 돌에 맞아 한 방에 죽었는데 하율이가 맡은 주인공은 아무리 악당에게 당해도 계속 살아나 세상을 지켰다.

선호는 하율이가 부러웠다. 그래서 어린이집에서 병원 놀이를 한다고 하면 제일 먼저 달려가 청진기를 쥐었다. 엄마가 일하는 병원에서 본 것들을 따라 했다. 병원에서는 의사가 주인공이니까 의사처럼 청진기를 쥐고 환자의 몸 이곳저곳을 살펴봤다. 하율이가 악당들로부터 세상을 지켜 냈듯 선호도 환자들을 구하고 싶었다. 그런데 어른들은 선호에게 화를 냈다. 엄마는 고개를 푹 숙였다. 다들 선호가 주인공을 한 게 잘못이라고 했다. 엄마는 선호를 위로해 줬다.

"나중에 엄마보다 더 크면 주인공이 될 수 있어."

거짓말. 선호만 아는 비밀이지만 엄마도 아직 주인공이 아니다.

선호는 누구든 눈빛만 보면 주인공인지 아닌지 맞출 수 있다. 키가 크다고, 어른이라고 다 주인공인 건 아니다. 딱 봤을 때 선호보다 용감하면 주인공이고, 선호에게 겁을 먹으면 작은 새1이다. 어린이집에 놀러 오는 길고양이는 아무리 조그마해도 건들면 콱 물어 버릴 거야 하는 눈빛이다. 당연히 주인공이다. 산책하다 자주 마주치는 큰 멍멍이는 자신보다 작은 선호가 겁을 줘도 살살 쓰다듬어 주길 원하는 눈빛이니 작은 새1이다.

엄마는 선호보다 키도 크고 나이도 많지만 선호가 무슨 짓을 해도 살살 쓰다듬어 주길 원하는 눈빛을 보낸다. 마치 선호가 지켜 주지 않으면 한 방에 죽기라도 할 듯. 그러니 둘이 있을 땐 엄마가 작은 새1이고, 선호가 주인공이다.

그랬던 엄마가 갑자기 달라져서 선호는 깜짝 놀랐다. 여느 때처럼 같이 목욕하자고 졸랐는데 말을 안 들어서 선호가 샤워기로 콱 때렸다. 잠시 풀이 죽어도 곧 살살 쓰다듬어 달라는 눈빛이 되어야 하는데 그날은 그렇지 않았다. 얼굴에 피를 묻히고 다른 사람이 된 것처럼 선호를 혼냈다.

잠시 후 원래의 엄마로 돌아왔다. 아까 선호를 혼냈던

건 엄마가 아니라 마녀라고 했다. 그 후로 선호는 새빨간 피만 보면 마녀가 다시 나타날까 봐 무서웠다. 마녀가 엄마를 영영 뺏어 가면 어떡하지.

선호의 걱정은 진짜가 되었다. 이사한 뒤부터 엄마는 선호가 아니라 할머니에게만 쓰다듬어 달라는 눈빛을 보냈다. 선호는 슬펐다. 엄마마저 할머니한테 뺏기니 선호가 주인공이 될 수 있는 건 게임뿐이었다. 할머니가 동화책을 읽어 주면 자는 척했다가 몰래 일어나 게임기를 켰다. 고등학생 형과 게임에서 만나서 늦은 밤까지 놀았다. 하지만 엄마의 자리를 채울 순 없었다. 선호가 음성 채팅으로 고민을 이야기하자 형이 말했다.

"엄마도 여자야. 성에 갇힌 공주를 구하려면 용을 죽여야지."

"용…?"

"마녀는 원래 변신을 잘해. 용도 되었다가 할머니도 되었다가 또 네 엄마인 척하기도 하고."

"엄마는 그런 말 안 했는데…."

"원래 이런 건 아빠들이 알려 주는 거야. 넌 아빠가 없으니까 형이 가르쳐 줄게. 일단 엄마 사진 찍어서 보내 봐."

선호는 형이 시키는 대로 엄마가 자는 사이 몰래 사진

을 찍어 보냈다. 사진을 본 형은 만족한 듯 말했다.

"딱 보니까 엄마 몸에 마녀가 숨어 있어. 선호 네가 마녀를 쫓아야 해."

"마녀는 크잖아. 선호는 작은데…"

"괜찮아. 넌 이 게임의 주인공이니까 죽어도 계속 다시 시작할 수 있어."

"주인공…?"

주인공이라는 말에 귀가 솔깃했다. 다들 선호가 주인공을 한 게 잘못이라고 했고, 엄마는 선호가 주인공이 되기엔 아직 작다고 했다. 형은 달랐다. 선호는 시키는 대로 집 옆 공사장에서 철조망을 가져와 옆집으로 가는 개구멍에 덫을 만들었다. 마녀들은 뾰족한 걸 무서워해서 보기만 해도 도망갈 거라고 했다.

"마녀가 언제 또 나타나?"

형은 선호가 물어볼 때마다 엄마 사진을 달라고 했다. 선호가 보낸 사진이 마음에 안 들면 대답도 하지 않았다. 엄마가 목욕하고 나왔을 때와 잠잘 때 찍은 사진만 좋아했다.

"마녀는 보름달이 뜨면 나타나. 그리고 항상 피비린내가 나지."

드디어 보름달이 뜬 날, 선호는 코를 벌렁거리며 집을

돌아다녔다. 할머니에게는 냄새가 안 났는데 엄마에게는 냄새가 났다. 화장실에서 처음 마녀가 나타났을 때 났던 냄새였다. 마녀다! 지금 엄마 안에 마녀가 숨어 있다!

선호는 마녀를 데려오기 전에 덫이 잘 되는지 확인하려고 개구멍에 들어갔다가 철조망에 왼쪽 팔을 찔리고 말았다. 병원에 다녀오니 다음 날 보름달이 조금 찌그러져 있었다. 마녀는 보름달이 뜰 때만 나타난다고 했는데. 형은 아무렇지 않은 듯 말했다.

"괜찮아. 넌 죽어도 계속 다시 시작할 수 있다고 했잖아."

선호는 눈물이 찔끔 날 정도로 아팠지만 꾹 참고 다음 보름달이 뜨기를 기다렸다. 그사이 새로운 덫을 만들었다. 이 층 계단 손잡이에 삐져나온 못이 있는지 찾고, 엄마 침대 옆에 가위를 두는 등 몰래 덫을 만들고는 마녀가 다시 나타나기를 기다렸다.

게임 속 주인공이 된 기분에 신이 났다. 자신이 만든 덫에 마녀가 깜짝 놀라 도망가는 상상을 하니 입가에 저절로 미소가 떠올랐다.

그런데 문제가 생겼다. 할머니가 자꾸 선호를 노려보더니 모든 걸 알아채고 말았다. 선호의 뺨을 때리고 선호가 엄마에게 가까이 가지 못하게 막았다.

'형아, 할머니가 다 알아 버렸어. 어떻게 해?'

선호가 메시지를 보냈지만 형은 며칠째 접속하지 않았다. 심지어 할머니가 엄마 먹으라고 탄 약을 마신 뒤로는 입에서 자꾸 피 맛이 나고 속이 울렁거렸다. 마녀가 선호에게 벌을 주는 것 같았다. 선호는 마당에 있는 나무를 꼭 껴안고 엉엉 울었다.

"다 형아가 시킨 건데…."

선호는 억울해서 나무껍질을 마구 뜯다가 할머니 말이 떠올랐다. 이 나무는 몇백 살 먹은 할머니나 다름없으니 함부로 대하지 말라고 했는데. 선호는 덜컥 겁이 났다. 빗자루를 거꾸로 세워 놓은 것처럼 무섭게 생긴 나무였다.

"죄송해요…."

선호가 모기만 한 목소리로 나무에게 사과하자 어디선가 소리가 들려왔다.

'나는 오늘 죽어도 내일 다시 태어날 수 있으니 이 정도는 다쳐도 괜찮단다. 꼬마야.'

"어! 저도 그런데. 나무 할머니도 게임 속에 있어요?"

'아니, 나는 지금 여기에 있다.'

선호는 형에게 물어보고 싶었던 걸 나무에게 대신 물

었다.

　"그럼 우리 엄마도 죽으면 다시 우리 엄마로 태어날 수 있나요?"

　'네 엄마는 이미 네 엄마란다.'

　"마녀가 우리 엄마 잡아먹으려고 한단 말이에요!"

　'누구나 자신이 원하는 건 뭐든지 될 수 있다. 대신 자기 자신만이 할 수 있단다.'

　"아니요! 엄마는 혼자 못 해서 제가 도와줘야 해요."

　나무는 대답이 없었다.

　선호는 결심했다. 마녀를 죽이기로. 그러면 엄마도 원래 선호 엄마로 다시 태어날 거다. 선호는 엄마 책상에서 낡은 커터칼을 가져와 숨겼다.

　결심은 했는데 몸이 점점 아팠다. 왼팔이 불처럼 뜨겁고 자꾸만 체한 것처럼 토할 것 같았다. 지금 선호는 너무 약해져서 차라리 새로 시작하는 게 나았다. 그래서 할머니가 방을 나가면 몰래 붕대를 풀고 병원 놀이 주사기로 상처를 건드렸다. 아무리 아프게 해도 게임처럼 리셋은 되지 않았다.

　"푸하하! 너처럼 약한 애가 주인공인 줄 알았냐? 찐따 같은 새끼야."

오랜만에 접속한 형은 선호에게 못된 말을 했다. 화가 났다. 형에게 선호가 약하지 않다는 걸 보여 주고 싶었지만 자꾸만 힘이 없어졌다. 그사이 마녀는 엄마와 할머니 사이를 오가며 선호를 약 올렸다.

어느 날 할머니가 피를 흘리며 계단 아래에 쓰러져 있었다. 엄마가 할머니 배를 세게 눌렀다.

"선호야! 엄마 전화로 119에 신고해. 방법 알지?"

밖을 보니 보름달이 떠 있었다. 그럼 엄마가 아니라 마녀다.

"싫어! 우리 엄마 아니야!"

선호는 방으로 뛰어가 커터칼을 가져왔다. 이번이야말로 마녀를 죽일 기회였다.

선호는 천천히 엄마에게 다가갔다. 엄마가 선호를 안자마자 뒤에 숨겼던 커터칼을 위로 쳐들었다. 마녀의 목을 향해 힘껏 내리꽂으려는 순간!

"그만둬."

엄마가 손쉽게 선호의 팔을 낚아챘다. 날카로운 칼날이 목을 찌르기 직전이었다. 선호는 아쉬울 뿐이었다. 다음 보름달이 뜨면 또 하지 뭐. 근데 엄마의 눈빛이 평소와 달랐다. 자신을 해치는 건 두 번 다시 용납하지 않겠다는 눈빛이

마녀와 나

었다. 그게 선호더라도.

처음 보는 사람이었다.

저번에 봤던 그 마녀도, 용도, 성에 갇힌 공주도, 작은 새1도 아니었다.

지금 눈앞에 있는 사람은 아무리 죽어도 다시 새롭게 시작할 수 있는 사람이다. 이제 선호가 지켜 주지 않아도 될 만큼 용감한 사람.

선호는 기뻤다. 그리고 커터칼을 버리고 살살 쓰다듬어 달라는 눈빛으로 엄마에게 안겼다.

새 이야기

"김영주 환자분!"

익숙한 목소리에 번뜩 눈을 떴다. 형광등이 눈부셔 다시 눈을 감고 재빨리 머리를 굴렸다. 여기가 어디더라. 방금 누군가에게 자장가를 불러 주고 있었는데. 누가 내 목에 칼을 겨눴던 것 같기도 하고….

간호사가 잠에서 덜 깬 아이를 보듯 싱긋 웃더니 손등에 스티커를 붙여 주었다.

'김영주 1989/03/18.'

평범한 산부인과 대기실이었다. 맞은편에 앉은 만삭의 여자 옆에는 딸로 보이는 꼬마가 앉아 있었고. 창문 밖으로는 탁 트인 하늘이 펼쳐져 있었다. 특별할 거 없는 풍경이었다.

딱 하나, 이상한 점이 있었다.

꼬마의 얼굴이 낯익었다. 어디서 본 거 같은데…. 방금 꿈에서였나?

호기심 많고 활기찬 아이 같았다. 어찌나 끊임없이 조잘대는지 자신이 일곱 살인 걸 대기실의 모든 사람이 알게 되었다. 옆에 있던 엄마는 기특한 듯 딸에게 귀를 기울였다.

그 모습을 보자 이상하게 마음이 벅차올랐다. 평생 찾아 헤매던 누군가를 이제야 만난 기분이랄까. 나는 꼬마를 보며 눈물이 쏟아지려는 걸 겨우 참고 있었다.

"어, 신발 끈 풀렸다!"

내 신발 끈을 묶는 꼬마의 얼굴을 들여다보다가 뒤늦게 깨달았다. 꼬마는 내가 알던 어떤 아이와 똑 닮아 있었다. 그 아이도 꼬마처럼 일곱 살이었다.

"괜찮아. 내가 할 수 있어."

나는 헤매는 꼬마 대신 신발 끈을 제대로 묶은 뒤 꼬마에게 보여 주었다. 꼬마는 신기한 듯 미소를 짓더니 창밖을 가리켰다.

"저기!"

철새 한 마리가 날아가고 있었다. 쇠기러기인 걸 보니 초겨울인 듯했다. 처음에는 새 한 마리가 하늘 위 하나의 점처럼 보였다. 곧 여러 마리가 뒤를 따르자 점은 선이 되었다. 더 많은 새가 모이면서 선은 면을 이루었다. 새들은 하늘 위에 그림을 그리듯 어디론가 날아갔다. 장관이었다.

"넌 몇 살이야?"

알면서도 모르는 척 다시 물었다. 꼬마는 신중하게 손가락을 하나하나 펼치며 답했다.

"하나, 둘, 셋, 넷 다섯, 여섯, 일곱 살이요. 아줌마는요?"

나는 장난스레 손가락을 펼치는 척하다가 답했다.

"너무 많아서 못 세겠다. 이제 곧 서른 살이야."

처음 느끼는 기분이었다. 마음에 뚫려 있던 거대한 구멍이 방금 말한 세월만큼의 흙으로 채워지는 듯한 기분.

구멍은 비로소 점이 되었다. 점은 움직인다. 언젠가 점이 모여 선이 되고 면을 이루어 멋진 그림을 그릴 것이다. 지금 하늘 위를 날아가는 새들처럼.

나는 다시 태어난 기분이 들었다. 나를 낳은 건 나 자신이었다.

'당신의 인생을 세이브(save)하시겠습니까?'

어릴 적 즐겨 하던 게임 속에는 '세이브 포인트(save po-int)'라는 것이 있었다. 낯선 미로를 헤매다 그 지점에 닿으면 마음이 놓이곤 했다. 언제든 다시 시작할 수 있다는 안도감, 그 순간까지의 여정을 누군가 기억해 주고 있다는 연결감 덕분이었다. 그건 단지 게임의 기능이 아니었다. '이번엔 저쪽으로 가 볼까?' 해피엔딩이 될지는 알 수 없어도 다시한번 일어서게 만드는 사소한 희망이었다. 하지만 삶은 게임과 달랐기에 늘 뒤돌아보며 묻곤 했다. 그때 다른 선택을 했더라면, 그날 다른 길을 걸었더라면.

고백하건대, 이 소설은 철저히 나를 위해 쓰기 시작했다. 나만의 세이브 포인트를 만들고 싶었다. 지금까지의 삶이 저장할 만큼 마음에 들어서도, 정상을 향한 도움닫기용 쉼표를 만들고 싶어서도 아니었다. 나는 지쳐 있었다. 오랜 시간 이야기를 써 왔지만, 주로 작업해 온 영상 시나리오의 특성상 사람들과 직접 연결되기 어려웠다. 그 갈증은 내 안 깊숙이 뿌리내려 있던 독의 심지를 건드렸다. 응급상황이었다. 나를 구하진 못하더라도 내 안에서 어떤 일이 벌어지고 있는지를 기록해야만 했다.

『노간주나무』는 결국 '경계'에 대한 이야기다. 나를 가장 괴롭히는 게 바로 그것이었기 때문이다. 성녀와 마녀, 정상과 비정상, 사랑과 증오, 돌봄과 의존, 삶과 죽음, 그리고 너와 나. 그 경계를 명확하게 나누면 나눌수록 이상하게도 불행해졌다. 우리가 원래는 서로 연결된 존재라는 사실을 잊고 싶지 않아 필사적으로 이 작품에 매달렸던 것 같다.

그 과정에서 여러 번 멈춰 섰고, 길을 잃었으며, 다시 돌아와 마음을 다잡았다. 수많은 반복 속에서 얻은 작디작은 용기와 위로를 이제 독자에게 건네려고 한다.

이 여정을 기꺼이 함께해 주신 교보문고 스토리대상 심사위원분들과 관계자분들께 깊이 감사를 드린다. 그리고 내 곁을 묵묵히 지켜 준 친구들과 가족들, 누구보다도 최초에 나를 낳아 주신 어머니에게 사랑한다고 말하고 싶다.

마지막으로 이 책이 당신 인생의 어느 지점에서 다시 꺼내 볼 수 있는 사소한 희망이 되기를 바란다. 그리고 그 지점에서 다시 시작될 당신의 다음 이야기를, 나는 조용히 응원하겠다.

노 간 주
나 : 무

초판 1쇄 발행 2025년 6월 16일

지은이 김해솔
펴낸이 허정도
편집장 박윤희
책임편집 이경주 **디자인** studio Ain
마케팅 신대섭 김수연 배태욱 김하은 이영조 **제작** 조화연
2차 저작권 관리 안희주 문주영

펴낸곳 주식회사 교보문고
등록 제406-2008-000090호(2008년 12월 5일)
주소 경기도 파주시 문발로 249 (10881)
전화 대표전화 1544-1900 주문 02)3156-3665 팩스 0502)987-5725
ISBN 979-11-7061-254-4 03810